中华对联集锦

袁一平 等 ◎ 编著

图书在版编目(CIP)数据

中华对联集锦/袁一平等编著. -- 北京:气象出版社,2023.2

ISBN 978-7-5029-7909-6

Ⅰ.①中… Ⅱ.①袁… Ⅲ.①对联-作品集-中国 Ⅳ.①I269

中国国家版本馆 CIP 数据核字(2023)第 021234 号

中华对联集锦
Zhonghua Duilian Jijin

出版发行:气象出版社	
地　　址:北京市海淀区中关村南大街 46 号	邮政编码:100081
电　　话:010-68407112(总编室)　010-68408042(发行部)	
网　　址:http://www.qxcbs.com	E - mail:qxcbs@cma.gov.cn
责任编辑:殷　淼	终　　审:张　斌
责任校对:张硕杰	责任技编:赵相宁
封面设计:符　赋	
印　　刷:三河市君旺印务有限公司	
开　　本:710 mm×1000 mm　1/16	印　　张:11.5
字　　数:188 千字	
版　　次:2023 年 2 月第 1 版	印　　次:2023 年 2 月第 1 次印刷
定　　价:45.00 元	

本书如存在文字不清、漏印以及缺页、倒页、脱页等,请与本社发行部联系调换

前 言

楹联也叫楹贴、对联、对子，原是挂、贴在房屋壁间柱上的联语，后来把写在亭子柱上或戏台、会场、牌坊上的对联，也称为楹联，字数多寡无定数，但要求对偶工整、平仄协调，是诗词形式的演变。现在新楹联，不全受对偶、平仄限制，而古代以严格的对偶、平仄为贵。

楹联的历史源远流长，从五代后蜀主孟昶"新年纳余庆，嘉节号长春"开始，已有一千多年历史，到明、清时达到繁荣时期。

楹联是世界上特有的文学形式，也是我国文学史上的瑰宝，受到世界上爱好文学人士的羡慕，许多人纷纷学习写楹联。在风景区，紫红柱子上写上蓝色楹联，或在蓝柱子上写上金黄色的楹联，就显得深沉大气。加之联语有的含蓄，富有哲理，有的气势磅礴，更显示出景区深厚的文化底蕴。由于它平仄相对，字数对称，音韵铿锵，更加耐人寻味，令人流连忘返。

"一径竹阴花满地，半帘花影月笼纱"写出颐和园月波楼的朦胧美；"辽海吞边月，长城锁乱山"写出居庸关的雄壮美；"银泉倾泻涛声美，碧浪回旋胆气寒"写出湘中九龙洞的气势美；"为善最乐，读书便佳"启发人们要多读书、做善事；"三字蒙冤千秋湛血，一生忠勇万古纲常"颂扬岳飞忠心报国的情怀；"到此已穷千里目，谁知更上一层楼"召唤人们向新的目标奋进……一本楹联书包罗万象，既是文学，又是哲学、史学，不同的内容，不同的感情，吟咏它，

前言

能陶冶情操、提高品味，思想得到升华，艺术上得到享受，在当今人心浮躁的年代，阅读一本楹联书，去领会其深刻的含意，能使你心灵净化，甚至变得超脱起来。

千百年来，楹联以其独特的艺术魅力，赢得人们的喜爱。新中国成立前，在笔者的家乡，姑娘出嫁时，先出一上联给男方，如对不起来，姑娘决不上轿，表示女家有文化、有修养，而男家则是"土包子"，被人瞧不起。当时私塾先生很吃香，但是必须精通楹联，否则这碗饭吃不长。听我父亲说，有一个男家接到女家的上联，请私塾先生对出下联，可是他怎么想也想不出来，于是就借口有急事，赶紧跑了二三里路，到我伯父那里请教，伯父思考一下，告诉他下联，这位塾师急急忙忙赶回来，写好后，才端起酒杯，一饮而尽，否则丢人现眼，就再也没有人去请他教书了。

在交谈、演讲中，引用楹联，或为朋友亲戚写出好的寿联、婚联、趣联，会立即受到人们的赞赏，还能营造欢乐气氛。写出好的挽联，恰如其分进行评价，能慰藉其亲属朋友。在当今中考、高考的作文中，如恰到好处地引用楹联或写出一副楹联，往往能显示出考生的文学修养，提高作文分数，增加录取机会。

不同类别的楹联在内容上也有不同的要求。风景区的楹联应看其地理位置、特有的景色与周围环境或人文历史的关系；寿联要切合人物的身份、主要功绩来赞颂、评价；婚联应考虑双方的职业、兴趣、性格等特点、婚姻情况（如复婚）；挽联应考虑对方的辈分、死者生前工作情况、死后家庭情况（如老幼生活无着落）、去世原因等。总之，写人要体现人物的个性，写景要写出景物的特点，记事要言简意赅、高屋建瓴，抒情要有真情实感、感人肺腑，切勿无病呻吟、矫揉造作。

楹联除了要求对偶工整、平仄协调外，上下联的字一般不重复，又分为窄对和宽对。窄对要求严格，上下联词性相同，每个字平仄声相对。宽对为结构相同，个别词性可有不同，上下联最末一个字平仄在特定情况下不受限制，如七字联，一三五不论，二四六分明。从文学艺术性来看，以窄对为贵。

本人一生对烟、酒、茶不喜爱，对下棋、打牌不感兴趣，唯爱

前 言

旅游，几十年跑遍全国大部分风景区，每见一副楹联，就抄写下来，回家反复揣摩，加上从报刊杂志上摘录好的楹联共有两千多副，集成此书，奉献给读者。因本人水平有限，加之不能对所有楹联一一核对，难免有一些出入，敬请各位多多指教与谅解，使之更加完善。

附带几点说明：本书中的楹联以古代的为主。本书的内容侧重于风景区的楹联，兼有少部分的寿联、挽联、婚联、趣联等。楹联的作者只要能查到的，都尽量地做了介绍。楹联的分类以楹联作者籍贯所在的省市划分，但是，有的作者，比如籍贯是江苏的，而在北京任过职（被后人题联），或本人在北京某风景区题联，则划分在北京，以此类推。

本书由袁一平、王秋霖、王羽瑶、陈媛、刘慧、袁林阳、高睿捷共同编写，袁一平统稿。

袁一平
2022 年 6 月

目录

前言

春联 …………………………… 一
    四字联 …………………………… 一
    五字联 …………………………… 六
    六字联 …………………………… 一二
    七字联 …………………………… 一四
    八字联 …………………………… 二七
    九字联 …………………………… 三〇
    十字联 …………………………… 三二
    十一字联 ………………………… 三三

其他常用节日联 ……………… 三六
    元宵节联 ………………………… 三六
    二月二龙抬头联 ………………… 三六
    植树节联 ………………………… 三六
    妇女节联 ………………………… 三七
    清明节联 ………………………… 三七
    劳动节联 ………………………… 三七
    青年节联 ………………………… 三七
    儿童节联 ………………………… 三七
    端午节联 ………………………… 三八
    建党节联 ………………………… 三八
    中元节联 ………………………… 三八
    中秋节联 ………………………… 三八
    国庆节联 ………………………… 三九
    重阳节联 ………………………… 三九
    灶神节联 ………………………… 四〇

寿联 …………………………… 四一
    通用寿联 ………………………… 四一
    五十岁寿联 ……………………… 四三
    六十岁寿联 ……………………… 四四
    七十岁寿联 ……………………… 四四

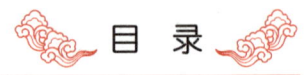

目录

中华对联集锦

八十岁寿联 …………… 四六
九十岁寿联 …………… 四六
百岁寿联 ……………… 四六
名人寿联 ……………… 四七

婚联 ………………… 五一
常用婚联 ……………… 五一
四季婚联 ……………… 五六
名人婚联 ……………… 五八

贺生育联 …………… 六一
生子联 ………………… 六一
生女联 ………………… 六二
生孙联 ………………… 六二
生曾孙联 ……………… 六二

行业、行政联 ……… 六三
贺乔迁建房联 ………… 六三
戏剧影视联 …………… 六六
工厂、企业联 ………… 六七
党政机关联 …………… 七〇
军队联 ………………… 七一
体育联 ………………… 七一
文化艺术联 …………… 七二
教育科技联 …………… 七三
医药、卫生联 ………… 七四
服务行业联 …………… 七六

挽联 ………………… 八五
通用挽联 ……………… 八五
专用挽联 ……………… 八七
名人挽联 ……………… 九三

名人对联 …………… 一一一

风景名胜联 ………… 一三七
风景联 ………………… 一三七
名胜联 ………………… 一四〇

趣联妙对 …………… 一六〇
描述联 ………………… 一六〇
比喻联 ………………… 一六一
拟人联 ………………… 一六一
设问联 ………………… 一六一
双关联 ………………… 一六一
潜意联 ………………… 一六二
嵌典联 ………………… 一六二
嵌字联 ………………… 一六三
数字联 ………………… 一六三
拆字联 ………………… 一六三
拼字联 ………………… 一六四
复字联 ………………… 一六四
叠字联 ………………… 一六四
同旁联 ………………… 一六五
连环联 ………………… 一六五

目录

回文联 …………… 一六五
谐顺联 …………… 一六六
谐音联 …………… 一六六
叠韵联 …………… 一六六
谜语联 …………… 一六六
哑联 ……………… 一六七
集句联 …………… 一六七
地名联 …………… 一六七
格言联 …………… 一六八

中华对联集锦

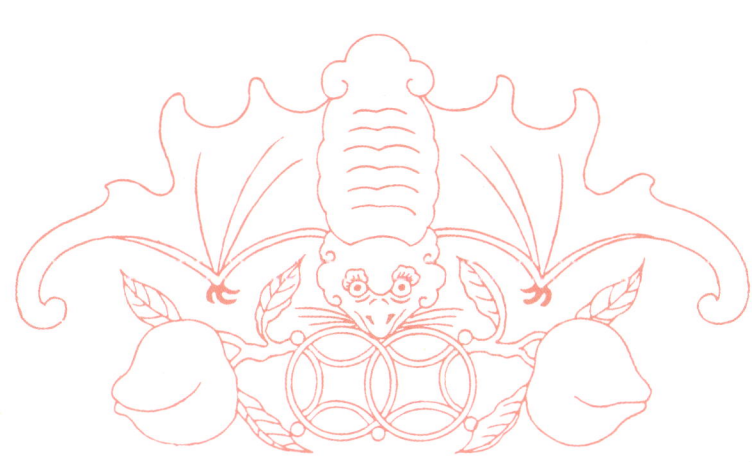

春联

四字联

仁和四海
政惠三农

科学筹谋
九州共乐

国运昌隆
山河溢彩

一川花柳
千里松杉

风光胜旧
岁序更新

三春呈瑞
九鼎生辉

三阳启泰
百鸟鸣春

国臻大治
民乐小康

国欣大治
民乐小康

梅开九野
春暖万家

春风拂户
喜气盈门

九州共舞
四海同春

胸怀国计
心系民生

春联

家兴业旺　　　　　福临宝地
国泰民安　　　　　财进家门

三阳始布　　　　　笑迎新春
四序初开　　　　　喜庆佳节

瑞气盈院　　　　　鸿图大展
祥光满堂　　　　　辉煌永恒

莺鸣北里　　　　　吉祥如意
燕语南邻　　　　　幸福美满

黄金宝地　　　　　春回大地
富贵人家　　　　　福满人间

江山锦绣　　　　　年年如意
桃李芬芳　　　　　岁岁平安

吉祥如意　　　　　物华天宝
富贵满堂　　　　　人杰地灵

国恩家庆　　　　　宝地进财
人寿年丰　　　　　福门生金

四时吉庆　　　　　一元复始
八节安康　　　　　万象更新

庭绕瑞气　　　　　一帆风顺
院生福音　　　　　四季好运

 春 联

千年富贵	春燕剪柳
百岁平安	喜鹊登梅
前程远大	瑞霭佳地
后步宽宏	福蕴新居
年丰人乐	竹报三多
国富民强	梅开五福
百花齐放	物华焕彩
万木争荣	天宝呈祥
萱庭日永	吉祥如意
兰室春和	宝贵安康
四路进宝	天天进宝
八方来财	年年来财
花开富贵	国家兴旺
竹报平安	人民安康
门开百福	江山不老
户纳千祥	神州永春
六畜兴旺	春安夏泰
五谷丰登	秋吉冬祥
抬头见喜	百业兴旺
举步生风	五福临门

春 联

财源茂盛	春临大地
生意兴隆	喜到人间
四海生色	人寿年丰
五湖呈祥	国泰民安
鸿鹄得志	岁通盛世
桃李争春	人逢年华
龙飞凤舞	人勤春早
燕语莺歌	国泰民安
年年大发	春风得意
岁岁有余	丽日舒怀
年安人乐	书画益寿
国富民强	金石延年
家居吉地	鹊送喜报
人在福中	风传佳音
九州进宝	克勤克俭
四海生财	为国为民
吉星高照	春光骀荡
万事亨通	国步龙腾
梅映红日	精神万古
雪兆丰年	气节千秋

春 联

高堂吉庆	祥云捧日
华室生辉	玉树临风
财多福厚	人财两旺
人和家兴	福寿双全
春光满院	迎春入院
财气盈门	接福登堂
春光满面	春光遍地
瑞气盈门	瑞气盈门
招财生宝	财源茂盛
迎春接福	家业兴隆
红梅报喜	八方锦绣
瑞雪迎春	万里春晖
山欢水笑	百花齐放
物阜民康	九州同春
神州光彩	江山壮伟
人物风流	人物风流
迎春入院	江山不老
接福登楼	九州永春
鸿福满院	江山如画
喜气盈门	大地皆春

春 联

春临宅第
喜上眉梢

春和景丽
物阜人康

春安夏泰
秋吉冬祥

五字联

新春腾紫气
锦路耀红光

国富千山秀
家和万事兴

柳色迎春绿
梅花傲雪红

马跃前程远
鹊鸣幸福多

冰雪融春景
燕莺报福音

大地春光灿
中华美梦真

和睦千家福
勤劳五谷香

九州飞捷报
五谷庆丰年

春润千山翠
路通百业兴

大地春光美
中华气象新

新村春色美
大地画图新

万家歌盛世
四海庆新春

春暖百花开
家和万事兴

福泽绵绵至
财源滚滚来

日出千山秀
花开万里香

江山多俊秀
时代更风流

江山开气象
龙马抖精神

 春 联

家睦迎春早　　金猴辞旧岁
楼高得月先　　彩凤贺新春

德润三春雨　　一畦春草绿
诚撑一片天　　十里稻花香

四海花似锦　　生意如春意
九州歌如潮　　财源似水源

先春传喜报　　不求金玉贵
遍地舞东风　　但愿子孙贤

万家传笑语　　丑时春入户
四海庆新春　　牛岁福临门

人勤春来早　　牛铃飘翠岭
草发牛更肥　　燕语暖春风

飞雪迎春到　　五云迎晓日
东风扑面来　　万福集新春

旭日临门早　　天地三阳泰
春光及第先　　乾坤万国春

吟诗辞旧岁　　日照三春暖
举杯贺新年　　花开四季春

丰年飞瑞雪　　和顺增百福
盛世庆新春　　平安值千金

春　联

家居黄金地　　　千家迎新岁
人在富贵中　　　万户庆丰年

春风惠万物　　　四季花长艳
桃李香九州　　　百年月永圆

梅开春烂漫　　　爆竹声声脆
竹报岁平安　　　梅花点点红

田园金聚宝　　　春风荣草木
山野树摇钱　　　正气壮河山

勤俭摇钱树　　　天赐千金福
知识聚宝盆　　　地生万年财

平安财路广　　　院内摇钱树
富贵喜气多　　　堂前聚宝盆

新春添新景　　　山河增秀色
佳书报佳音　　　大地浴春晖

新春添富贵　　　和气财路广
佳节报平安　　　安康喜事多

花开万户笑　　　玉堂浮瑞气
喜降千门福　　　金屋耀祥辉

锦绣山河美　　　新春临吉第
光辉大地春　　　鸿福进华堂

 春　联

凯歌辞旧岁　　　　　山水含春意
豪情迎新春　　　　　风云入画图

勤为摇钱树　　　　　红梅映旭日
俭是聚宝盆　　　　　青松添新枝

岁岁春满院　　　　　风暖日光丽
年年喜盈门　　　　　气清天宇高

风来花自舞　　　　　春风花草地
春临鸟能言　　　　　疏雨杏花天

伟业千秋秀　　　　　草色和日暖
神州万古新　　　　　梅花带月寒

神州多豪俊　　　　　春催千山秀
社稷重英才　　　　　花放万里香

开业逢盛世　　　　　春到千山秀
发财在今朝　　　　　花开万里香

艺苑百花俏　　　　　普天开远景
文坛万象新　　　　　大地换新风

人寿福满堂　　　　　云山添秀色
花开富贵春　　　　　河海泛春潮

喜中华盛事　　　　　彩云捧旭日
庆天下皆春　　　　　朝霞染红梅

春联

新年兴大业　　　　　旧岁除旧俗
佳岁展宏图　　　　　新年启新知

灯照千门喜　　　　　园花舒腊雪
春暖万人心　　　　　庭树驻春晖

天赐平安福　　　　　瑞雪漫天舞
地生富贵财　　　　　红梅着意开

迎春常富贵　　　　　和风吹绿柳
接福永平安　　　　　时雨润春苗

家景年年好　　　　　春风吹大地
财运步步高　　　　　爆竹乐九霄

万里春风暖　　　　　春归花不落
一门喜气生　　　　　风静月常明

芳草年年绿　　　　　康宁增富贵
大地处处新　　　　　团圆合家欢

六合同春日　　　　　天开新岁月
三阳开泰时　　　　　人改旧乾坤

斗室乾坤大　　　　　家有福星照
寸心天地宽　　　　　财如人意来

风清杨柳梦　　　　　年瑞人增寿
云淡海棠明　　　　　春新福满门

 春 联

山河益壮丽　　　　　展青春金翅
日月更峥嵘　　　　　扬时代雄风

欢度九州节　　　　　新年纳余庆
讴歌四海春　　　　　佳节号长春

文高绿竹雅　　　　　清音歌盛世
望重红梅芳　　　　　妙笔著华章

春风引紫气　　　　　江山千古秀
大地发清华　　　　　大地万家春

政通千家乐　　　　　大地春风暖
人和万户春　　　　　神州幸福多

云卷千峰色　　　　　开门迎丽日
泉和万籁声　　　　　举步拂春风

三阳生瑞气　　　　　栋梁砥华夏
百鸟唤春光　　　　　桃李芬九州

常鼓兴邦志　　　　　东风拂大地
永怀报国心　　　　　政策暖人心

伯乐荐骏马　　　　　安定千家乐
良师育英才　　　　　辛勤五谷香

少年立壮志　　　　　春促山河变
华发成伟业　　　　　人描天地新

财源通四海
春色满人间

红梅开万户
翠竹报五福

喜鹊登高树
红梅报早春

四海春风洽
九州岁月长

春风添画意
岁月赋诗情

门门增瑞霭
户户建文明

岁岁春满院
年年喜盈门

六字联

花好月圆人寿
时和世泰年丰

大富贵变寿考
蓄道德能文章

春满文明门第
福临节约人家

九城同歌盛世
全民共庆丰年

春盛花香鸟语
农兴人寿年丰

竹报和谐曲谱
花开幸福家园

有才有德有志
为国为家为民

四季天天温暖
八方处处太平

冬去山明水秀
春来鸟语花香

笑谈天地今古
苦究字词句篇

千古龙盘虎踞
万家燕舞莺歌

领略家乡风味
温馨故里人情

春好群芳共喜
禾丰举国同欢

 春　联

华夏青山不老
神州绿水常流

壮志五湖四海
春光一刻千金

桃红复含春雨
柳绿更带朝阳

克勤克俭持家
同心同德建国

喜炮声声报喜
春联对对迎春

春风春雨春色
新年新岁新景

梅蕊乐开五福
竹风喜报三多

江山万里如画
神州四时皆春

细雨无声润物
和风会意迎春

到处山欢海笑
遍地虎跃龙腾

山清水秀着艳
花好月圆含香

喜报英雄门第
春临光荣人家

唤来春风拂面
留得淑景宜人

马啸英雄浩气
羊鸣世纪春光

人欢鸟叫春早
雨顺风调年丰

春到碧桃树上
莺歌绿柳楼前

万里江山如画
门户四时皆春

春到芙蓉国里
福临杨柳门前

景美年丰国瑞
春新日丽人欢

春日人人共乐
江山处处皆春

春 联

中华对联集锦

春织千山锦绣
旗扬万里雄风

七字联

爆竹声声除旧
桃符代代更新

老少平安千秋乐
家宅兴隆万代荣

碧海苍山玉宇
春风丽日神州

福到鸿门添富贵
财至吉宅保平安

承上下求索志
绘春秋振兴图

南添福禄北添财
东进金银西进宝

处处春光济美
年年人物风流

人安国泰乾坤朗
大治小康幸福长

处处欢歌遍地
家家喜笑连天

迎喜迎春迎富贵
接财接福接平安

户户金花报喜
家家紫燕迎春

天地和顺家添财
平安如意人多福

花好月圆人寿
时和事泰年丰

年年顺景财源广
岁岁平安福寿多

礼节以和为贵
新春长发其祥

和顺一门有百福
平安二字值千金

雪片纷纷凝瑞
马蹄嘚嘚报春

红梅枝上传春信
黄鸟声中送好音

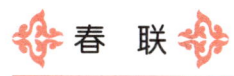 春 联

花酒一坛供宴乐　　　岁月如歌歌遍地
云山千里称吟怀　　　江山似锦锦添花

渔唱悠悠清水漱　　　春回大地金鸡舞
樵歌杳杳碧苔新　　　福满神州玉燕飞

天上四时春作首　　　人醉诗中诗意满
人间五福寿为先　　　春融画里画图新

虎跃龙腾兴舜日　　　民风淳朴农家乐
莺歌燕舞颂尧天　　　厚德信诚嘉誉延

庭院日晴黄鸟并　　　家业兴旺年年好
江湖浪阔白鸥双　　　财源广发步步高

九州共奏和谐曲　　　好雨知时催柳色
百姓同吟富裕诗　　　春风有信寄梅花

巨龙蹈海雄威在　　　富生活健康快乐
大国强军华夏安　　　好日子和顺开心

美丽江山添美景　　　年年喜迎四季禄
中兴业绩壮中华　　　日日笑纳八方财

黎民尽享小康福　　　屋后青山多秀色
华夏又迎美丽春　　　门前绿水有知音

耀眼宏图灯映月　　　日日发达天天乐
动人春色画中诗　　　年年兴旺步步高

春联

和睦一家是万富　　红颜永驻春长在
平安二字值千金　　绿山涓流月更圆

观山河依然旧景　　春风拂面人人暖
看杨柳又是新春　　瑞气临门事事新

山明水秀春光好　　向阳门第春光好
人寿年丰福气存　　积善人家庆有余

孔雀屏开千顷绿　　迎新年年年如意
牡丹花放百花红　　辞旧岁岁岁平安

事业兴旺年年好　　春节春临春报喜
前程似锦步步高　　喜门喜至喜迎春

福旺财旺运气旺　　宏图大展兴隆第
家兴人兴事业兴　　泰运长临富裕家

五风十雨皆为瑞　　日月天开新气运
万紫千红总是春　　笙歌人醉太平村

和气自生君子室　　东来紫气家庭泰
春风先到吉人家　　园在兰芽蓄秀枝

喜迎四季平安福　　谷雨向荣康乐寿
笑纳八方富贵财　　阳光长惠天地人

财源广进富贵家　　千顷良田千顷沃
福星高照吉祥门　　一犁春雨一犁歌

 春　联

所到尽逢欢乐事　　　几行绿柳千门晓
相看都是太平人　　　一树红梅万户春

紫气东来凝壁彩　　　春回大地祥盈室
春光南转庆年丰　　　福降人间喜满堂

五色云开祥气瑞　　　百福齐臻全家福
三阳运转惠风和　　　千祥集至满宅祥

迎春迎喜迎富贵　　　春至百花香满地
接福接财接平安　　　时来万事喜盈门

百花齐放春光好　　　年丰人寿福如海
万马奔腾旭日红　　　柳暗花明春似山

喜鹊报喜举家喜　　　冬去松梅送旧岁
新风更新满门新　　　春来桃李迎新年

门外青山生瑞气　　　红花几点增春色
窗前碧柳舞春风　　　鸟语数声报福春

欢乐满堂迎富贵　　　户满春风春满户
团圆阖府贺新春　　　门盈喜气喜盈门

金玉良言和为贵　　　三江进宝百业旺
满堂喜气礼当先　　　四海来财万福春

重门汇集重重福　　　喜居宝地千年旺
厚客携来厚厚情　　　福照家门万事兴

春联

生意都随银树旺　　　门迎春夏秋冬福
财源尽向福田流　　　户纳东西南北财

年年顺景财源广　　　家添财富人添寿
岁岁平安福寿多　　　春满庭阶福满堂

喜迎四季平安福　　　一家和睦一家福
笑纳八方富贵财　　　四季平安四季春

一帆风顺吉星到　　　龙骧九域臻百福
万事如意鸿福临　　　春到人间纳千祥

春归大地人间暖　　　九州瑞气迎春到
福降福州喜临门　　　四海祥云降福来

吉星永照平安第　　　万里江山春浩荡
五福常临和善家　　　千秋福寿喜连绵

展鸿图年年得意　　　兰有国香清益远
创伟业事事顺心　　　松如人寿老弥坚

平安如意人多寿　　　紫燕对舞菱花镜
天地和顺家添财　　　海燕相栖玳瑁梁

山清水秀风光好　　　福禄寿三星拱照
人寿年丰幸福长　　　天地人一体同春

圆梦当催千里马　　　虎啸寒山生紫气
迎春只待一声雷　　　龙吟捷足入青云

 春　联

天降财运通四海　　　　长年好运添富贵
地赐富贵传千秋　　　　恭喜发财迎新春

取九州四海财宝　　　　三星在户财源旺
占天时地利人和　　　　五福临门家道兴

和和顺顺千家乐　　　　春回大地春光好
月月年年百姓福　　　　福满人间福气浓

月圆花好人团聚　　　　门迎富贵平安日
民寿年丰世太平　　　　家有祥和幸福年

虎踞龙腾生紫气　　　　寿比南山松不老
风调雨顺兆丰年　　　　福如东海水长流

年年福禄随春到　　　　一元二气三阳泰
日日财源顺意来　　　　四时五福六合春

天降财运通四海　　　　生意兴隆通四海
地赐富贵传千秋　　　　财源茂盛达三江

高居宝地财兴旺　　　　花香入室春风露
福照家门满堂春　　　　瑞气迎门淑景新

天增岁月人增寿　　　　四面湖山收眼底
春满乾坤福满门　　　　万家欢乐到心头

新春大节行好运　　　　门对青山千里秀
佳年财顺福满堂　　　　家居旺地四时春

春联

和气致祥财源茂　　春回大地千山秀
万事如意福安康　　日照神州百业兴

青山绿水风云静　　绿柳舒眉辞旧岁
碧海蓝天日月新　　红桃开口贺新年

春回大地喜盈室　　人寿年丰家家乐
福降人间笑满堂　　国泰民安处处春

吉星高照平安第　　五湖四海皆春色
福泽常临和美家　　万水千山尽朝晖

平安接来全家富　　勤劳门第春光好
和睦迎进满门财　　和睦人家幸福多

花开富贵年年好　　神州有天皆丽日
竹报平安月月圆　　祖国无处不春风

春临大地百业盛　　红灯喜接全家福
喜到人间万事成　　爆竹笑迎四季春

泰斗光辉昭日月　　又是一年芳草绿
伟人业绩耀山川　　依然十里杏花红

竹影拂阶尘不起　　居永安山明水秀
月光穿池水无声　　人要和地久天长

灵猴献果摘桃杏　　花开富贵家家乐
金鸡啼鸣报喜来　　灯照吉祥户户春

 春　联

好年好景好运气
多财多福多吉祥

迎春接福思大业
致富图强乐小康

五湖四海家家乐
万紫千红处处春

新景千祥临宅第
春融百福进门庭

吉星高照全家福
旭日辉耀满堂春

八方财宝进门院
四面贵人谐家园

顺风顺水顺人意
得财得利得天时

生在福中须知福
事到难处不怕难

吉庆有余人有福
祥龄长久岁长春

向阳庭院春光好
致富人家喜事多

龙门鱼跃宏图展
农户喜临春色好

春风杨柳千村笑
丽日桃花万户歌

松竹梅岁寒三友
桃李杏春风一家

文成蕉叶书犹绿
吟到梅花句亦春

千里河流归大海
炎黄子孙一宗亲

青山聚秀呈新景
红日生辉映农家

东来紫气西来福
南进祥光北进财

青山不墨千秋画
绿水无弦万古琴

新春佳运业兴旺
全年顺心福临门

春夏秋冬行好运
东南西北遇贵人

春联

门迎千条生财路　　年丰人寿家家乐
家进百年吉祥福　　燕舞莺歌处处春

福旺财旺运气旺　　江山如画千年秀
家兴人兴事业兴　　祖国多娇万代春

花香满院春风至　　满园春色催桃李
喜气盈门幸福来　　一片丹心育新人

运际升平人共乐　　劳动门第春光好
气当和淑鸟知春　　光荣人家景色新

立品读书当胜日　　春风杨柳年年绿
成才创业趁华年　　华夏英才代代红

世上岂无千里马　　春秦地秦三阳秦
人中难得九方皋　　家和人和万事和

昨夜春风才入户　　月月月圆逢月半
今朝杨柳半垂堤　　年年年尾接年头

冬去犹留诗意在　　鹊上枝头观淑景
春来身入图画中　　燕栖梁顶话丰年

九天日月开新运　　百花迎春香满院
万里笙歌乐太平　　万事如意大吉祥

国逢安定百事好　　除夕刚饮祝捷酒
时际芳春万象新　　新年又看报春花

 春　联

万里江山凝秀色　　　　瑞气呈祥舒万物
满园花木竞朝晖　　　　财源有路富千家

梅花欲待歌前放　　　　风调雨顺人出海
兰气先迎酒上春　　　　云淡帆疾鱼归家

旧岁又添几分喜　　　　四海归心歌一统
新年更上一层楼　　　　千家春酒乐团圆

春回大地千山秀　　　　雪消门外千山绿
日照神州百日新　　　　花发江边二月春

行行业业家家乐　　　　地开美景风光好
水水山山处处新　　　　人庆丰年喜气多

春风得意英豪济　　　　春风放日来梳柳
丽日舒怀阵势新　　　　夜雨瞒人去润花

四海人歌尧舜日　　　　锦上添花非实意
万象更新太平春　　　　雪中送炭是真情

东风化雨山山翠　　　　门庭昌盛年年好
政策归心处处春　　　　家业兴隆步步高

万民齐织丰收锦　　　　月圆花好人常寿
举国同吟四化诗　　　　物阜民丰国富强

庆新春年年如意　　　　顺风顺水顺人意
辞旧岁月月平安　　　　好年好景好前程

春联

一代风流抒壮志　　花开富贵荣华第
九州巨变写春光　　春风得意幸福家

宝剑锋从磨砺出　　江山画卷描新样
梅花香自苦寒来　　桃李春风改旧观

云喷笔花腾虎豹　　春雨丝丝润万物
风翻墨浪走蛟龙　　红梅点点绣千山

南山玉凤传珍宝　　新春贺喜家兴旺
北海金龙送福财　　佳节联欢国太平

春满人寰翔瑞鹤　　山清水秀千村美
云开旭日照苍松　　柳绿桃红万户春

万年枝上春常在　　风吹杨柳千门绿
五色云中日永明　　雨润桃花万树红

日子红火年年旺　　家添喜气人增寿
宝地聚财天天来　　田奉黄金地献银

祖国江山千古秀　　百花吐艳春光好
春风桃李一番新　　万象更新国运昌

浩荡春风催四化　　祖国共天地同寿
峥嵘岁月续长征　　江山与日月争辉

桑梓游子常念旧　　几点雪花几点景
梧桐落叶终归根　　半含冬景半含春

 春　联

大地又逢春暖日　　　　　一举首登龙虎榜
普天同庆丰收年　　　　　十年身到凤凰池

火树银花映盛世　　　　　迎春迎客迎富贵
金樽美酒祝春光　　　　　纳福纳财纳平安

爆竹千声歌盛世　　　　　壬午胜岁开景泰
红梅万朵报新春　　　　　癸未芳春启新程

祖国振兴倡团结　　　　　愿乘风破万里浪
家庭和睦崇文明　　　　　甘面壁读十年书

福来庭院万事兴　　　　　积德前程应远大
春到门前合家欢　　　　　存仁后步自宽宏

人逢盛世千家乐　　　　　八骏嘶风传捷报
户沐春阳万事成　　　　　五羊衔穗兆丰年

羊逐春风驰碧野　　　　　鹏起天池风九万
猴呈美酒绘朱颜　　　　　龙游艺苑字三千

九州日丽万家乐　　　　　事能知足心常乐
两岸冰融一国春　　　　　人到无求品自高

江山大好英雄业　　　　　万马奔腾创伟业
天地多情草木春　　　　　五羊跳跃展新图

百花齐放春光好　　　　　炼成锋锷真实学
万马奔腾旭日红　　　　　历尽艰难始成才

春　联

万民同乐凯歌里　　　瑞气呈祥全家福
四化自喜锦绣中　　　紫叔集锦满堂春

政策落实家家喜　　　平安如意财源盛
经济繁荣户户欢　　　发达荣华事业兴

九州春好添风采　　　春涵瑞霭笼和第
科学技术改乾坤　　　月拥祥云护福门

人尽其才定兴旺　　　老少平安千秋乐
物尽其用必富强　　　家宅兴隆万代荣

一年四季春常在　　　福满华堂添富贵
万紫千红永开花　　　财临吉宅永平安

春雨丝丝润万物　　　天悬日月乾坤朗
红梅点点绣千山　　　国惩贪腐岁月新

五湖四海皆春色　　　东进金银西进宝
万水千山尽得辉　　　南添福禄北添财

平安和顺兴家业　　　天地和顺家添财
景明春暖旺财运　　　平安如意人多福

和气生财长富贵　　　年年顺景财源广
顺意平安永吉祥　　　岁岁平安福寿多

四面贵人相照应　　　和顺一门有百寿
八方财报进门庭　　　平安二字值千金

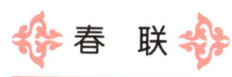 春　联

天上四时春作首
人间五福寿为先

八字联

东西南北八方永泰
春夏秋冬四季平安

春满人间百花吐艳
福临家宅四季平安

平平安安岁月须臾
长长久久思念千秋

春风一路将诗染绿
福字千窗把梦贴红

三月韶光花明柳媚
一年好景橘绿橙黄

万户春风礼陶乐淑
三阳景运人寿年丰

一代英豪九州生色
八方锦绣四季呈祥

国喜金蛇龙腾入世
民欢赤兔马到成功

国泰民安年年如意
母慈子孝事事称心

送旧年窗外映白雪
迎新岁喜鹊闹红梅

欢庆新春百花齐放
大办农业五谷丰登

宝地祥光府宅鸿运
天时地利门庭大吉

顺风顺水顺心增寿
和睦和谐和气生财

百业兴昌欣逢盛世
万民欢悦喜庆新春

和气致能一家祥瑞
书声足起万里风云

家富人和顺如流水
国强民乐稳若泰山

东风报喜喜上眉梢
飞雪迎春春满人间

万物更新春为岁首
三阳开泰梅占花魁

大吉大利吉祥如意
多财多福双喜临门

春 联

大地回春山河壮丽
阳光普照玉宇澄清

国富民强年丰人寿
春华夏秀秋实冬藏

瑞雪飘飘丰年喜兆
红梅点点春节嘉祥

瑞雪飞神州多壮丽
爆竹响山河尽朝晖

尊夫爱妻家庭美满
敬老扶幼生活欢欣

合家欢乐人人康健
和气生财家家幸福

时来运转八方进宝
心想事成四路来财

福寿齐天金银满地
高堂吉庆华宅生辉

五福临门金玉满堂
新春佳节恭喜发财

大智若愚心怀日月
至柔至刚气撼山河

岁月逢春花开万树
田园得雨谷满千仓

桃红柳绿春回大地
国富民强福满神州

吉星高照门迎百福
春光辉映户纳千祥

三星高照吉祥富贵
五福临门如意安康

东西南北八方永泰
春夏秋冬四季平安

大地欢欣春回大地
前程广远日进无疆

莺歌燕舞普天同庆
鸟语花香大地回春

大地春回江山聚秀
文明运启日月增辉

唱响岁月励精图治
舞动青春发奋求强

室雅居安人人长寿
日新月异岁岁平安

 春　联

大厦新建三星高照
宝地安居五福临门

笑看文苑群芳斗艳
喜听艺坛百鸟争鸣

春满人间百花吐艳
福临宅院四季常安

教育园地人才辈出
科技战线捷报频传

彩龙腾空雄狮舞地
紫燕展翅绿柳吐丝

选贤任能唯才是举
励精图治中兴在望

万事如意家业兴旺
一帆风顺财源广进

万象更新精神振奋
百花齐放春满人间

指点江山春光满目
激扬文字彩笔生辉

攻千重关心怀天下
读万卷书志在四方

奉养父母年年康健
教育子女天天向上

健儿汗洒球场内外
友谊花开海角天涯

长城内外百业兴旺
举国上下安定团结

春满人间百花争艳
富临家宅四季平安

春风得意马驰千里
烈日耀辉光照万家

平平安安岁月须臾
长长久久思念千秋

辞壬午金马扬鞭去
迎癸未吉羊携福来

万户春风礼陶乐曼
三阳景运人寿年丰

和气致祥财源茂盛
万事如意幸福安康

万紫千红百花齐放
三江四海五谷丰登

春联

万象更新无山不秀
一元复始有水皆清

八骏扬蹄神州皆画意
三羊开泰盛世更诗情

大地回春九州焕彩
银驹献瑞四季呈祥

花团锦簇江山添异彩
虎啸龙吟华夏壮神威

大治天下春光永在
翻新山河美景无边

姹紫嫣红春风挥彩笔
山清水绿时雨谱华章

山清水秀九州如画
鸟语花香四季长春

寰海涌春光祥开萱沏
恩泽涵瑞景喜溢蓬壶

龙凤呈祥招财进宝
龟蛇献瑞纳福迎春

春风吹绿柳摇摇欲醉
喜雨润红梅点点溢香

龙鸾炳文神州焕彩
鸿鹏展翅华夏腾飞

瑞雪映红梅香飘万里
和风梳绿柳春到千家

布谷鸣春人勤物阜
瑞狮舞彩国富年丰

化日丽三阳春加禹甸
候风和万国乐奏虞弦

九字联

和谐社会年丰人增寿
幸福家庭子孝孙又贤

庭前彩霞西映千秋景
窗后旭日东升万代福

春风浩荡山河添锦绣
喜气延绵大地庆辉煌

种十里名花何如种德
修万间广厦不若修身

春风暖华年万户贺岁
喜气闹新春千家报喜

淑气自天来春荣丽日
祥光随岁转瑞霭和风

 春 联

年年过年年年不虚度
岁岁别岁岁岁不蹉跎

国泰民安众星朝北斗
风和日丽百鸟向南枝

金色江山自强繁荣世
辉煌天地民富昌盛年

春风春雨引万般春色
新人新事开一代新风

老老少少话古今巨变
家家户户乐万象更新

梅花迎春旧貌换新象
爆竹更岁新桃换旧符

春风送春处处春色美
喜鹊报喜家家喜事多

迎新春展望前程似锦
辞旧岁喜看百家欢颜

好景年年好神州巨变
新春处处新经济腾飞

自力更生创千秋大业
奋发图强造万代幸福

开天辟地先辈耀华夏
继往开来后贤转乾坤

丽日彤彤神州春似海
垂杨袅袅大地绿如春

喜四海来财财源广进
乐九州进宝宝地生金

一声爆竹庆民康国泰
三杯美酒祝人寿年丰

春夏秋冬凯歌颂盛世
东西南北美酒祝新年

万树红梅飞雪迎春到
千江绿水心潮逐浪高

大地播春光山清水绿
神州增秀色万紫千红

勤劳节俭乃治家上策
礼貌谦让为处世良规

爆竹两三声人间增岁
梅花四五点天下皆春

红旗舞东风五湖似画
瑞雪兆丰年四海皆春

春 联

国兴旺年年风调雨顺
民幸福岁岁人寿联丰

辞旧岁望前程无限好
迎新春看未来宏图辉

爆竹两三声人间改岁
梅花四五点大地皆春

安居乐业家家春满第
丰衣足食户户喜盈门

壮志凌云创千秋伟业
跃马扬鞭追日月乾坤

十字联

圆国梦豪情激荡腾骏马
绘蓝图锐气昂扬舞羊毫

辞旧岁万马奔腾追国梦
庆新春三羊开泰起宏图

新人办新事新风人人颂
春日撒春雨春色处处有

灯月交辉庆三元而开极
树花并茂贺六合以同春

爆竹声声喜报前程似锦
梅花朵朵欢呼万象更新

丹桂有眼独长诗书门第
黄金无种偏生勤俭人家

春山春水春潮春光烂漫
盛典盛装盛景盛世辉煌

喜洋洋青山绿水春常在
笑盈盈人寿年丰福无边

迎新春三江春水三江酒
奔前程一寸光阴一寸金

新历迎春人贺重光舜日
椒盘献岁家欣再乐尧天

年景旺山山水水欢歌唱
春色美户户家家笑语多

五谷飘香香透三江四海
百鸟报喜喜传万户千家

锣鼓喧天共奏新春妙曲
风雷动地同抒大海深情

瑞日高悬塞北江南皆暖
东风浩荡天涯海角同春

爆竹声声喜报前程似锦
梅花点点欢呼万象更新

 春 联

虎跃龙腾碧海黄山玉宇
莺歌燕舞春风旭日神州

辞骏马马岁辉煌载史册
迎吉羊羊年美景绘神州

红日无私温暖五湖四海
春风有情染绿万水千山

含笑腊梅唤醒奇葩千树
溢香春笋挺起翠竹万竿

喜洋洋绿水青山春永驻
笑盈盈丰衣足食福无边

万里江山重见尧天舜日
九州草木共沾时雨春风

兢兢业业甘当革命园丁
勤勤恳恳培育四化人才

人尽其才祖国一日千里
各得其所山河万象更新

庆丰年仓盈廪满喜洋洋
迎新岁家俭人足乐陶陶

日月遁环堪喜人间换岁
风云际会欣逢世纪更新

新人办新事，新风人人颂
春日撒春雨，春色处处新

千樽美酒，共祝祖国昌盛
万支春歌，齐唱人民富足

万里江山，重见尧天舜日
九州草木，共沾时雨春风

水碧映山青，青山映碧水
花红扶叶绿，绿叶扶红花

十一字联

德泽一方点缀繁荣新亮点
情倾百姓迎来富裕好春光

瑞雪飘飘飞起玉龙三百万
红梅朵朵催开捷报九千重

蹄疾步稳骏马乘风追梦想
福到瑞呈灵羊衔穗富人间

津应阳回万物光辉舒化日
吉从天佑一堂和气集繁禧

江山如此多娇飞雪迎春到
风景这边独好心潮逐浪高

谢却狂蜂殿后菊添霜降秀
无须醉蝶崇先梅报雪迎春

春联

柳绿桃红但看乾坤如画卷
莺啼燕语时随意趣赏春山

大鹏展翅涌盖九天亲日月
彩凤朝阳君临四海吻鱼龙

莲花结子子子孙孙君子气
龙脉传家家家户户大家风

稼穑齐家家家户户事稼穑
诗书济世世世代代读诗书

春风苏万物万紫千红竞秀
喜事暖千家千门万户峥嵘

竹报平安一年好景随春到
花开富贵玉堂金马醉春风

燕舞桃红四面八方方方泰
莺歌燕舞一年四季季季安

新春大吉福寿双全添富贵
佳年顺景丁财两旺永平安

百福临门添丁添财添富贵
万事胜意永康永乐永平安

福寿双全添富贵贵勿忘公
财人两旺永平安安分守法

百福临门添丁添财添富贵
万事如意永康永乐永平安

靠勤劳巧手裁剪河山美景
凭科学红心绘描日月新天

天外春回处处河山添异彩
人间岁换家家丝管祝洪福

四海春临和风吹绿千堤柳
九州福至丽日开红万泾花

风月焕新海角天涯皆溢彩
山河铺锦疆南地北总宜春

桃李争春无边景色来天地
江山入画万缕诗情上笔端

华夏儿女文武双全建伟业
炎黄子孙德才兼备展宏图

十口心思思国思家思社稷
八目尚赏赏风赏月赏秋香

读古人书须设身处地一想
论天下事要揆情度理三思

志气凌云争分夺秒奔四化
春光似锦良辰美景祝千秋

春 联

普天同庆一片红霞迎旭日
大地腾欢万条绿柳舞东风

花好月圆酉阳倍艳新春暖
国泰民安申雪犹香旧岁丰

年年进宝年年获福年年乐
岁岁招财岁岁添寿岁岁欢

千里长堤须防毁于蝼蚁穴
一生清白应慎染上纤尘污

东风拂大地桃李千枝秀色
红日照征程胸怀一片丹心

桃李迎春无边景色来天地
江山入画万缕诗情上笔端

冬去春来千条杨柳迎风绿
民安国泰万里山河映日红

新岁雪晴祖国红梅争盛放
故园春满海外紫燕竞归来

妙笔千支画不完人间春色
美喉万啭唱不尽四化凯歌

百花齐放喜看神州披锦绣
万众一心共挥彩笔绘新图

望塞北松青柏翠风光正好
喜江南梅红竹绿气象一新

树雄心攀登科学技术高峰
立壮志赶超世界先进水平

龙腾虎跃神州十亿奔四化
燕舞莺歌艺苑百花迎早春

大地生辉四海皆春春不老
中华崛起九州同乐乐无穷

大地回春锦绣河山添秀色
长征跃马英雄儿女着先鞭

一屏三色麦青韭绿菜花黄
百鸟千声鹊噪鸠唤布谷鸣

万树飞花八方齐摘丰收果
九天溢彩四海共度胜利年

其他常用节日联

元宵节联

天悬明月
人醉春风

秧歌迎稔岁
谜语闹元宵

欢声笑语歌盛世
火树银花闹元宵

烟霞璀璨长春景
灯光辉煌不夜城

霓虹当户,挑灯观瑞雪
淑景新居,把酒赏元宵

二月二龙抬头联

春到人间风调雨顺
龙腾盛地人寿年丰

植树节联

桃红李白摇钱树
果硕林丰聚宝山

有山皆植摇钱树
无地不生聚宝盆

荒山秃岭成林海
戈壁沙丘变绿洲

种草栽花,生态文明呈万象
护林植树,自然美景显千姿

其他常用节日联

妇女节联

丹心悬日月
巧手绣春秋

昔日世界多贡献
当今巾帼再攀登

中华妇女立壮志
当代中国谱新章

祖国腾飞，巾帼英雄创大业
神州巨变，中华儿女展宏图

与各族弟兄，并肩创四化大业
偕全国姊妹，同心建两个文明

自尊自重自爱自强，挑起时代重任
多才多艺多胆多识，争做巾帼英雄

清明节联

后人勤奋慰先烈
先烈贤明感后人

悼奠英灵歌壮烈
祭祀祖宗启后昆

踏遍青山，全民祭扫祖宗墓
磨穿革履，到处觅寻英烈魂

劳动节联

中华儿女心向党
劳动人民劲冲天

世界同欢劳动节
人民共享太平年

青年节联

青春兴事业
豪气拓财源

创人间伟业
攀世界高峰

五好青年抒壮志
四方俊杰展鹏程

儿童节联

六月儿童逢喜日
一园花朵沐朝阳

幸福家庭，花朵盛开欣雨露
和谐社会，青苗茁壮沐朝阳

中华对联集锦

其他常用节日联

端午节联

掩卷思屈子
挥毫悼忠魂

艾喜端阳晓
蒲临仲夏芳

华居喜庆天中节
角黍盘香地腊筵

击鼓鸣锣,竞赛龙舟催进取
戴蒲插艾,萌生正气扫妖邪

建党节联

党以锤镰开玉宇
我如葵藿向骄阳

一叶扁舟托日月
百年梦想著春秋

法为富国安民器
党是开天辟地人

幸福载红船,民心是岸
文明兴赤县,国运逢春

龙起南湖,不负云霓之望
梦圆中国,欣看川泽以归

四海归心,清流遥接南湖水
百年拓路,赤帜长辉北斗星

中元节联

迎送先人,享受今天甜日子
关怀后裔,欢呼明岁好时光

中秋节联

天上一轮满
人间万里明

火树祥光丽
星桥宝炬红

一团拥宝炬
千点灿银星

华灯灿烂逢盛世
锣鼓铿锵颂丰年

有灯无月不娱人
有月无灯不算春

银花火树开佳节
紫气丹光拥玉台

光腾月殿流蟾魄
花灿星桥吐凤文

 **其他常用节日联**

溶溶月色连灯市
霭霭春光满夜城

灯光良宵,鱼龙百戏
琉璃世界,锦绣之春

不夜灯光,便是玲珑世界
通宵月色,无非圆满乾坤

地乐天乐,地天共乐元宵夜
灯辉月辉,灯月交辉太平春

太白轻狂,好对金樽邀月饮
更生勤读,自有藜杖照书来

趁月最圆,海峡岸边谋一统
有天正朗,地球村里话和平

国庆节联

国臻善美
民愿安康

四海欢声歌国庆
全民狂舞乐升平

国施善政山河美
党引航程岁月新

百姓时时歌舞日
九州处处乐尧天

祖国江山千载艳
人民事业万年红

党导航船,薪火传承酝美梦
国施德政,承先启后促和谐

九万里绚丽河山,毓秀钟灵龙起舞
五千年辉煌史册,人稠物阜凤还巢

重阳节联

步步登高开视野
年年重九胜春光

话旧他乡曾作客
登高佳节倍思亲

年高喜赏登高节
秋老还添不老春

黄菊倚风村酒熟
紫门临水稻花香

幸福年华欣鹤寿
和谐社会益龟龄

白发朱颜,壮心不已
松龄鹤寿,余热生辉

今又重阳,同心菊竞秋容美
老当益壮,重德人争晚节香

菊酒唤欣怡,岁抵重阳,莫信人生易老
郊游除息惰,秋鸣万籁,相看世象簇新

灶神节联

上天言好事
下界保平安

灶神上天,宜以真情呈玉帝
凌霄决策,应将青睐顾黎民

寿联

通用寿联

松龄叶茂
鹤寿羽丰

欣逢鹤寿
乐享龟龄

椿萱并茂
福寿同增

松高泰岳
鹤舞丹山

德财两旺
福寿双全

中天婺焕
南极星辉

风延世泽
寿享遐龄

杯倾北海
颂献南山

人歌上寿
天与遐龄

星辉北斗
寿比南山

人增寿域
福满高堂

筹添沧海日
宾祝老龄星

寿筵依北斗
鹤算颂南山

寿 联

北斗成天象　　　　　瑶草奇葩不谢
南山作寿杯　　　　　青松翠柏长青

体健人难老　　　　　萱花挺秀辉南极
心宽寿更长　　　　　梅萼舒芳绕北堂

大鹏翔万里　　　　　纳桃王母椿萱茂
桃实寿千年　　　　　献酒太白日月辉

九州山水美　　　　　文移北斗成天象
百岁寿星多　　　　　日捧南山作寿杯

南山松不老　　　　　青松老劲健如栋
东海水长流　　　　　鹤寿童心人若仙

红梅歌五福　　　　　孙贤子孝寿无顶
翠竹祝三多　　　　　国泰民安喜有缘

瑶池春不老　　　　　孝行天下双亲幸
寿域日边开　　　　　乐在人间二老欢

宝婺中天婺焕　　　　四代同堂歌且舞
寿星南极星辉　　　　八方晋祝寿而康

福临寿星门第　　　　大德仁心增福寿
春驻年迈人家　　　　童颜鹤发度春秋

仁人具寿者相　　　　望重德高福似海
商贾做富家翁　　　　童颜鹤发寿如山

 寿　联

鹤发童颜儒雅气
德高望重礼仪风

桃李三千花祝寿
文章一世果迎秋

寿鹤高飞瞻北斗
苍松争秀乐南山

东海白鹤千秋寿
南山青松万载春

心旷神怡荣大寿
德高望重享遐龄

南山作颂歌高寿
北海为樽宴贵宾

金童接听黄金殿
玉女迎归白玉楼
　　　夫妻同日寿联

甲子重新如山如阜
春秋不老大德大年

五十岁寿联

以下为男寿联
海屋筹添椿半百
琼池桃熟岁三千

华堂长驻三分景
盛筵平分百岁筹

五十华筵开北海
三千朱履庆南山

一生事业今过半
百岁光阴日在中

德行齐辉一门聚庆
福畴大衍百岁同符

婺宿腾辉百龄半度
天星焕彩五福骈臻

以下为女寿联
百寿期颐刚一半
九畴福寿已双全

百半开来先百半
五福备至已五十

婺宿腾辉百龄半度
天星焕彩五福骈臻

花朝丽景时逢佳节
萱花慈龄合祝大年

六十岁寿联

以下为男寿联

　祝遐龄三千岁月
　游化日六十春秋

　庆花甲与国同寿
　享松龄为国争光

　今日古稀成继往
　他年耄耋作开来

　一家欢乐庆长寿
　六秩安康醉太平

　花甲赋诗饶有趣
　古稀吟韵乐无穷

　家严鹤发无量寿
　吾父童颜不老星

以下为女寿联

　六秩华筵新岁月
　三千慈训大文章

　华诞六旬庆母寿
　天伦三代乐家兴

　王母承欢瑶池锦
　慈颜不老萱圃花

　玉芽久种春秋圃
　青液频浇甲子花

七十岁寿联

以下为男寿联

　自古称稀尊上寿
　从今以始乐遐龄

　杖国寿星荣五福
　添筹海屋祝三多

　喜看寿星近日健
　只疑人道古来稀

　岁在古稀神更爽
　心攀高寿志弥坚

　健步古稀今起序
　期颐旬算待添三

　七秩寿翁童颜鹤发
　一门仁者玉洁冰清

以下为女寿联

　年过七旬称健妇
　筹添三十享期颐

　月满桂花延七秩
　庭留萱草茂千秋

 寿 联

寿历七旬辉宝婺
花开五福乐南薰

金桂生辉老益健
萱草长寿庆古稀

庆祝三多,琼筵晋爵
祥开七秩,玉杖扶鸠

八十岁寿联

以下为男寿联
八旬且献瑶池舞
四代通瞻耋寿星

八十春秋何谓老
三千桃李正豪雄

寿高八秩福星照
德泽一堂美誉扬

寿享期颐尝瑞果
龄跨耄耋仰瑶台

寿届八旬花果硕
家臻四代子孙贤

德媲高山大椿永茂
望隆渭水极宿常辉

以下为女寿联
八十春秋聚福气
四代同堂享遐龄

花甲重添二十载
松年喜祝八千秋

永葆童颜春不老
长存鹤发寿无疆

玉树清香金萱日永
绿波放早翠柏春长

桃熟三千西池婺焕
筹添八秩北苑萱荣

云拥彩鸾图呈王母
花开金凤酒进麻姑

白发朱颜登八十大寿
丰衣足食享幸福晚年

八秩寿筵开萱草眉舒绿
千秋佳节到蟠桃面映红

九十岁寿联

以下为男寿联
鸿案齐眉歌九秩
莱衣舞彩祝三多

寿联

翁逢九秩春不老
寿满百年福无疆

大德仁翁多福多寿
南山松柏愈老愈坚

九十春光寿星健硕
三千甲子义淑呈祥

九秩称觞宏开寿域
三元及第喜庆椿堂

海屋春秋增添筹算
平泉花木颐养天年

以下为女寿联
一乡称寿母
九十颂奇萱

九畹一萱添鹤寿
懿型坤范祝期颐

九十曾留千载寿
十年再进百龄觞

福寿全归观五代
懿风犹在耀千秋
97岁老太太过生日，家中有五代人，某人作联

蓬莱春长九旬洽庆
萱堂日永百岁延年

宝树灵椿，三千甲子
龙眉华顶，九十春光

桃熟三千老人星耀
春光九十喜鸟歌喧

百岁寿联

以下为男寿及双百岁联
百岁人歌长寿酒
万年花放太平春

百岁高龄逢盛世
一生洪福享今朝

国泰民安同欢盛世
年丰人寿共祝期颐

椿萱并茂九如寿
兰桂齐芳百岁人

一门双百惊邗左
四代儒师誉维扬
本书作者袁一平的父母于2011年过双百岁，袁一平作此联

 寿 联

百龄诞辰五世同堂娱晚景
二老寿宴一门共庆祝遐龄

以下为女寿联
　百岁萱花绵寿日
　千秋桃实祝长春

　瑶池桃熟三千岁
　海屋添筹一百春

　百岁骈臻无量寿
　五代同享幸福年

　五色芝茎慈帏祝寿
　百年萱草新岁延龄

　桃熟三千瑶池启宴
　筹添一百海屋称觞

名人寿联

　寿比萧伯纳
　功追高尔基
　　叶挺贺郭沫若五十寿联（萧伯纳是爱尔兰长寿的多产文学家）

　老鹤无衰貌
　寒松有本心
　　溥仪贺老师陈宝琛七十寿联

　霜雪盈头心转少
　儿孙满眼性犹痴
　　明代戏曲理论家李渔六十岁自题联

　藏山事业三千牍
　注世神明五百年
　　清朝乾隆时进士,浙江人梁同书贺诗人袁子才（袁枚）寿联

　天意分明昌大德
　诞辰三世总丁年
　　某人为南京宋光宗贺寿联（宋高宗、宋孝宗、宋光宗分别生于丁亥年、丁未年、丁卯年）

　不屈不淫正气性
　敢言敢怒见精神
　　《新华日报》贺马寅初六十寿联

　七旬天子古六帝
　五代孙曾予一人
　　　乾隆帝七十自寿联

　南山峨峨生者百岁
　天风浪浪饮之太和
　　朱德贺冯玉祥六十寿联

　桃李增华,坐帐无鹤
　琴书作伴,支床有龟
　　周总理贺马寅初（经济学家）六十寿联

　花甲两轮半,眼观七世孙
　门生嘉庆傅,渔璜老先生
　　清嘉庆皇帝的老师周渔璜一百五十岁,自作联

花甲重逢,又增而立年岁
古稀双庆,复添幼学青春
南宋时,词人李清照(下联)与丈夫赵明诚(上联)参加青州一个一百五十岁老人的寿宴,夫妇作联庆贺

花甲重逢,又加三七岁月
古稀双庆,更多一度春秋
清代乾隆皇帝为一位一百四十一岁的老寿星作上联,文学家纪晓岚作下联

跨八骏八极八佾庆恒寿
骑五羊五方五曲祝永福
河北师范大学张月中教授贺史学家张恒八十五寿

活到老,学到老,老不服老
画亦精,字亦精,精益求精
关林贺现代画家贾敬之寿

顺泰康宁雍然乾滤嘉千古
治平熙世正是隆恩庆万年
李绍仿贺嘉庆帝寿,用嵌字手法,嵌进清代从开国到嘉庆的列朝年号

牧野鹰扬,百岁勋名才半纪
洛阳虎视,八方风雨会中州
康有为贺吴佩孚五十寿

替有色人种争光,铁骨铮铮钦此老
为世界和平努力,东风习习寿期颐
郭沫若为美国黑人领袖杜伯依斯九十一岁生日所作寿联

圣母神子,万寿无疆,复万寿无疆
昨日今朝,一佛出世,又一佛出世
南宋黄蜕贺皇帝赵禥寿联(赵禥的母亲在他前一天过生日)

三月三日,丽人孔多,祝阿母长生不老
一觞一咏,群贤毕至,愿文孙天下知名
近代京剧名星梅兰芳的母亲八十大寿,扬州举人方尔琢写此联祝贺(孔:很、甚)

官两浙近廿年,以二品归田,仍在白苏旧治
过重阳刚半月,为六旬介寿,恰当黄菊新花
清代文学家俞樾为六十岁作自寿联(白苏:既是植物名,又指白居易、苏东坡)

四万里皇图,伊古以来,从无一朝一统四万里
五十年圣寿,自兹以注,尚有九千九百五十年
纪晓岚贺乾隆皇帝五十岁寿联

 寿联

七夕是生辰,喜功名事业从心,处处带来天上巧
百花为寿域,羡玉树芝兰绕膝,人人占却眼前春
明朝学者朱建三居百花巷,农历七月七日生辰,李渔为其作联

测黄道赤道向道神得此道,贺钰老步人间正道
探行星彗星恒星戴月披星,愿哲翁百岁寿星
某人贺张钰八十寿联(张钰哲是第1125颗小行星的发现者,该行星命名为"中华")

天数五,地数五,五十五年,五世同堂,共仰一人有庆
春八十,秋八十,八旬八日,八方万国,咸呼万寿无疆
左都御史贺乾隆帝八十寿联,其时乾隆已在位五十五年

大老爷过生,银也要,钱也要,票子也要,红黑一把抓,不分南北
小百姓该死,谷未收,麦未收,豆儿未收,青黄两不接,送甚东西
某人讽陕西县官郭翼嘉过生日时勒索老百姓钱财作联

顺天主,康民物,雍容其度,乾健其体,嘉慧普群生,道统绍羲农舜尧
治功懋,熙绩浮,正值在朝,隆平在野,庆云辉五色,光华夺日月星辰
清代义学家王柏心贺道光皇帝五十岁寿联(嵌字联,嵌入顺治到道光皇帝的年号)

出宰相之门,入宫蟾之室,居学士侍御孝廉胄子之堂,是不履民家户阈者,七十年于兹矣;
继麻姑之迹,追王母之踪,证如来观音文殊普贤之果,口遍食人间烟火者,八千岁犹然乎?
明代戏曲理论家李渔为方太夫人(当朝宰相何芝岳之母,茹斋奉佛)七十寿题联

诗称三子,学绩三余,望重三城,福懋三多,寿祝三秋,愿松柏益健,菊节弥坚,文园词场陪杖履
身历四朝,名高四海,官尊四品,科连四世,堂开四代,况夫妇齐眉,儿孙晋爵,国恩家庆乐林泉
清朝诗人张维屏曾官至四品知府,七十八岁生日时,同僚李紫辅为其作联

四九

寿 联

　　常如作客,何问康宁?但使囊有余钱,瓮有余酿,釜有余粮,取数叶赏心旧纸放浪吟哦。兴要阔,皮要顽,五官灵动胜千官,过到六旬犹少

　　定要成仙,空生烦恼。只令耳无俗声,眼无俗物,胸无俗事,将几枝随意新花纵横穿插。睡得迟,起得早,一日清闲似两日,算来百岁已多

郑板桥六十寿自作联

婚 联

婚 联

常用婚联

鸳鸯比翼
夫妻同心

花开并蒂
缘结同心

仙葩并蒂
瑞木交枝

当门花并蒂
迎户树交柯

彩笔题鹦鹉
文箫引凤凰

风和紫燕唱
日丽黄莺啭

苑上梅花二度
房中琴瑟重调
    二婚联

一世良缘同地久
百年佳偶共天长

脉脉情深成爱侣
心心相印结良缘

老树著花春气暖
夕阳焕彩晚晴长

浓情笔墨书双喜
惬意诗书颂百祥

爱无界限情无价
花有清香月有圆

婚 联

千里姻缘一夕会
半生结偶百年亲

并蒂花开致富路
连心果结文明家

郁郁春情倾爱海
洋洋喜气溢心田

庭霭祥云花锦绣
天赐佳偶璧珠联

志同道合双飞鸟
花好月圆并蒂莲

凤落梧桐梧落凤
珠联璧合璧联珠

百年修缘相濡沫
一生恩爱共婵娟

碰杯邀客开宏量
举箸迎宾表至诚

梧桐枝上栖鸾凤
菡萏花间立鸳鸯

桂月花娇催侄娶
杨梅酒靓候宾来

      为侄作结婚联

月圆花好鸳鸯笑
璧合珠联鸾凤飞

梅开二度歌并蒂
好合百年庆成双

     二婚联

日丽风和桃李笑
珠联璧合凤凰飞

兰引香风归绣幔
燕寻佳梦到新轩

喜溢重门迎凤侣
光辉陋室迓宾车

千里姻缘一线索
百年恩爱双心结

红梅并蒂双映红
矫燕双飞试比高

幸有香车迎淑女
愧无美酒宴嘉宾

     嫁女联

双飞都是关雎鸟
并蒂常开连理枝

忆当初志同道合
喜今日花好月圆

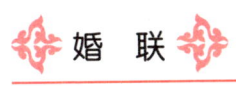

婚 联

爱情圣贞花正好
意气相投月常圆

自来自去梁上燕
相亲相近水中鸥

二姓联婚成大礼
百年偕老乐长春

婚姻自主情意重
家庭和睦幸福多

握手初行平等礼
并肩齐唱自由歌

举案齐眉示互敬
既婚仍友自相亲

关雎笑迷好迷句
渭滨喜传佳偶风

夫妻恩爱情义重
家庭和睦幸福多

同心永结幸福果
并蒂新开合欢花

夫妻协力石成玉
婆媳同心土变金

艰苦同栽理想树
勤奋共赏爱情花

花好月圆甜蜜夜
桃红柳绿幸福时

对对鸳鸯鸟易散
双双有情人难分

青丝共小最亲热
白头偕老更温馨

碧沼红莲开并蒂
芸窗学友结同心

同学结婚用联

玉镜人间传合璧
银河天上渡双星

吉日吉时传吉语
新人新岁结新婚

百年佳偶今朝合
万岁良缘此日成

彩笔喜题红叶句
华堂欣颂采苹诗

一对璧人开吉宴
二分春色到华堂

婚 联

重游爱海前嫌冰释
再入洞房未来蜜甜
　　　　　复婚用联

雪映南窗梅标上苑
箫吹画阁玉种蓝田

槐荫连枝百年启瑞
荷开并蒂五世呈祥

春暖花朝彩鸾对弈
风和日丽红杏添妆

白首齐眉鸳鸯比翼
青阳启瑞桃李同心

鹊桥再架亲友高兴
破镜重圆子女喜欢
　　　　　复婚用联

自由恋爱双方如意
民主持家百事称心

海枯石烂同心永验
天高地阔比翼双飞

鸾凤和鸣诗题红叶
螽斯衍庆玉种蓝田

相亲相爱美满伴侣
互敬互助幸福家庭

花好月圆同心永驻
志同道合比翼齐飞

璧合珠联春生玉照
琴耽瑟好彩缀花球

绿叶衬红花花繁叶茂
情歌谱新曲曲美歌甜

相亲相爱铁肩担宇宙
同德同心妙手绣江山

交颈鸳鸯并蒂花下立
展翅紫燕连理枝头飞

不愿似鸳鸯嬉戏浅水
有志像海燕搏击长空

白雪无尘如爱情纯洁
红梅有信似婚姻初新

并蒂花盛开长征路上
比翼鸟双飞四化途中

以优异成绩双登红榜
为宏伟蓝图同献丹心

梧桐滴翠欣闻引凤去
丹桂飘香喜见乘龙来
　　　　　男到女家成亲用联

婚 联

因荷（何）而得藕（偶）
有杏（幸）不需梅（媒）

脉脉情意似春晖育桃李
耿耿丹心如烛光照千秋
教师结婚用联

此去有家，切记克勤克俭
再来无议，才算乃贤乃良

相敬如宾，莫道妇随夫唱
钟情胜友，休言男尊女卑

婿是儿，儿是婿，两全其美
媳是女，女是媳，亲上加亲
男到女家成亲用联

心存赤忠本同德早已相爱
姓有源流分百派原不近亲
同姓婚联

长子完婚，慰母操劳权报孝
嘉宾赐驾，愧余款济过粗疏
有母无父婚联

新婚吉庆前程美好添锦绣
结伴幸福事业宏开更辉煌

大地香飘蜂忙蝶戏相为伴
人间春到燕舞莺歌总成双

合卺交杯洞房花烛三冬暖
并肩携手佳偶英名四化香

金梭穿机杼巧织世上锦绣
银河渡鹊桥缔结人间情缘

山紫潭清三泾黄花邀客宴
秋高气爽重阳节令缔儿婚

逢吉日迎贤婿乘龙登华盖
趁良辰适爱女彩凤栖梧桐

恩爱天长，加减乘除难算尽
夫妇地久，点线面体岂包容

逢佳节，择佳偶佳期传佳话
迎新春，贺新喜新人树新风

笙箫奏凤凰比飞却似关雎鸟
鼓乐迎佳宾并蒂恰如连理枝

朗月庆长圆，光照庭前连理树
星云何灿烂，瑞符天上吉奎星

美景属三秋，喜见三星光在户
佳期逢菊月，欣将菊酒庆交杯

婚联

不愿似鸳鸯，卿卿我我，嬉戏浅水
有志学海燕，朝朝夕夕，搏击风涛

海棠花下去年逢，无语只低眉，还是那时情绪
宝钗楼上梳妆晚，相看成一笑，更须整顿风流

四季婚联

春日新婚贺联

柳暗花明春正半
珠联璧合影成双

雨露滋培连理树
春风吹放合欢花

柳色映眉妆镜晓
桃花照面洞房春

礼行奠雁三春后
诗咏关雎四月初

春催梅蕊资妆额
人傍黄花学画眉

春融花并蒂，春花绣出鸳鸯舞
日暖树交枝，夜月香斟琥珀杯

柳翠眉间展，晓起妆台鸾对舞
梅红陌上生，春归画栋燕双栖

夏日新婚贺联

倚栏芍药
满架蔷薇

莲开并蒂
人庆双圆

栀绾同心树
莲开并蒂花

碧沼荷垂开并蒂
绣帏凤侣结同心

荷开并蒂，好话宜种留春苑
兰结同心，蜜月同游消夏湾

栀绾同心树，弹素月琴奏熏风曲
莲开并蒂花，饮饯春酒题消夏诗

秋日新婚贺联

诗题红叶同心句
酒饮黄花合卺杯

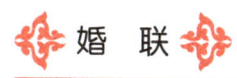

婚 联

巧借花容添月色
欣逢秋夜作春宵

瑶琴一曲双声奏
月殿三秋五桂香

丹桂香含飘绣阁
碧云光吐映妆台

此夕尚留牛女渡
双飞同上凤凰楼

鹊桥驾就牛郎渡
凤阁妆成仙女居

鸿案初齐迎淑女
鹊桥喜渡会牛郎

银汉桥成牛女渡
春台箫引凤凰飞

酒酿黄花情连鸾凤
诗题红叶梦见熊罴

玉津鸣秋鹊桥路近
金风涤暑鱼水欢谐

桂宫蟾耀彩,借得花容添月色
桐院凤栖身,权将秋夜代春宵

秋宵如此浑无价,彩凤和鸣梧桐荫茂
良夜何其乐未央,关雎雅化萍藻仪修

冬日新婚贺联

皓月描来双燕影
寒霜映出并头梅

两姓良缘天作合
三冬好景月初圆

点额新梅香绣榭
回阳丽日暖妆台

座有清风添酒兴
门迎暖日映梅妆

此日花开梅并蒂
今宵人庆月双圆

围炉春意满,雪案联吟诗有味
合卺酒香浓,冬窗伴读笔生香

雁鸣冰未泮,锦里枫丹芳联奕叶
燕乐岁之余,华堂藻耀瑞霭琼英

名人婚联

祥证凤卜
庆衍螽斯
　　　　郑煜卿贺李祥庆、仇姓女新婚

词赋传鹦鹉
笙歌引凤凰
　　　　丘逢甲贺应达民新婚

民主新伴侣
自由两先锋
　　　　冯玉祥贺罗元铮、冯理达新婚

去年王老五
今夜卖油郎
　　　　方地山贺王鸿池四十二岁始婚

二月梅香清友
春风桃灼佳人
　　　　毛泽东贺廖廷璇、皮述莲新婚

夫夫妇妇今日
子子孙孙他年
　　　　　　吴恭亨婚联

他日定为天下士
今宵先会月中人
　　同窗学友赠一位勤奋好学的读书人婚联

有水有田方有米
添人添口便添丁

明朝有潘、何二姓结婚，上联巧写"潘"，下联巧写"何"，寓意女方说要吃饱喝足，男方说要生儿育女。文学家徐文长作联

喜看两小成佳偶
乐生一个树新风
　　某七十多岁老干部为一对青年结婚作联

但哦松树当今事
愿与梅花结后缘
　　　　　　杨度贺董健吾婚

缔缘绾结红丝缕
纳彩缠绵绿绮纭
　　　　　　张伯驹贺婚联

敢效庆笙谈古礼
喜闻容甫续婚书
　　　史学家陈垣贺汪容甫续婚

红烛高照洞房夜
魁夺金奖荣归时
　　　　唐满城贺陈爱莲新婚

将相传家真有种
阳和得气便成春
　　　　吴汝纶贺李鸿章子婚

奁中应有来禽帖
案上新成博议书
　　王国维贺蒋汝藻哲嗣谷孙新婚

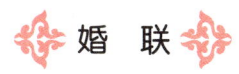
婚 联

同居曾是少年侣
成宣今为内助人
　　　　方地山贺杨立斋与童养媳婚

绣阁并肩春望月
红楼对面夜弹琴
　有一牛姓邻居,向纪昀索求婚联,纪书此联相赠

在昔吹箫传弄玉
只今袒腹得王郎
　　　　　吴汝纶贺王绎如入赘

汉瓦当文延年益寿
周铜盘铭富贵吉祥
　　　　　　黎元洪贺溥仪新婚

旧日皇都新秋天气
东南才子西北佳人
　　　　　郁达夫贺曾觉之新婚

李树连枝称开并蒂
黄书万卷佐读得人
　　　　　郑煜卿贺李、黄两姓连姻

树国树人长期抗战
宜家宜室并蒂腾欢
　　　　　彭雪枫贺房东子新婚

子兮子兮今夕何夕
如此如此君知我知
　　　　　　刘师亮撰贺婚联

抹抹擦擦是为了治病救人
说说唱唱是为了教育群众
　夫妇一人在剧团工作,一人在医院按摩科工作,某人作此婚联

八口累人今婚了向平心愿
百年期予尚无忘郝普家风
　　　　　　吴可读贺小女婚

两小无猜一个古泉先下定
四方多难三杯淡酒便成亲
　　　　方地山贺女儿与袁克文子成婚

日月同盟,报十二时吉祥如意
天地合德,庆亿万年富贵寿康
　英国女皇维多利亚贺溥仪结婚,送来一台自鸣钟

拥护中央政策方缪双方奋斗到底
努力加紧下层工作准备流血牺牲
　　　　　　彭湃贺方志敏新婚

好姻缘好伴侣好青年年年相好年年好
新社会新家庭新人物处处皆新处处新
　新中国成立初,男青年从前线转业,是战斗英雄,女青年是劳模

婚 联

玉骢马少年场白眉世家一代文章传季子
金叵罗合欢酒黄花门第三秋韵事斗玲珑

方地山贺马文季、罗韵玲结婚

喜气溢江夏，喜报上林春，喜廿年订就良缘，喜今夕吹箫引凤
幸寇退浠川，幸从离乱出，幸三生结成佳偶，幸此日淑女乘龙

抗日战争时期一女青年自幼订婚，战后结婚

文郎佳偶，缔从桂府仙缘，一曲咏霓裳，欣看玉树瑶花，二姓合成双美满
淑女于归，移得槐庭余荫，百年偕伉俪，恰值夭桃秾李，两家并作十分春

本书作者的祖父袁南宾为其义子吴伯颜作婚联

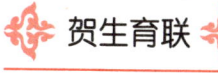

贺生育联

生子联

月窟早培丹桂子
兰阶新毓玉兰孙

石麟诞育从天降
玉燕投怀旷世珍

宁馨生应文明运
大器培成干济材

花前笑看獐书帖
梅下欣听鹤和声

净地月明生秀草
芳阶风暖长兰芽

庭前兰吐芳春玉
掌上珠生子夜光

恰逢开士摩麟顶
共向超宗识凤毛

啼声惊座知人杰
佳气充闾卜世卿

蕙草兰林门庭溢喜
桑弧蓬矢堂构增辉

窦桂玉槐门庭溢庆
荀龙薛凤家世证祥

积德累仁先世栽培惟忠厚
钟灵毓秀后昆显扬壮门楣

瑞世有祥麟已为德门露头角
丹山翔彩凤还从华阀炫文章

贺生育联

生女联

双喜临福地
千金耀华门

喜结心中伴
欣生掌上珠

绕庭喜有临风玉
照室欣看入掌珠

喜来绿竹抱新笋
福至红楼藏玉珍

睹貌自知非道韫
闻香早已识瑶英

慰情已喜颜如玉
溺爱珍于掌上珠

瑞叶燕投辉腾锦帨
祥证熊梦珍获明珠

生孙联

华堂益寿开饴座
梓舍承欢进晬盘

桂子呈祥证福厚
兰孙毓秀兆嘉祥

君福应过范乔祖
家庆何让子仪孙

美济凤毛兰荪茁秀
谋贻燕翼瓜瓞绵长

生曾孙联

欣看乔木多余荫
喜见兰孙又茁芽

燕寝昔闻孙作父
鲤庭今见子添孙

天赐石麟祥开四叶
庭投玉燕瑞霭一堂

美济凤毛家又令子
谋诒燕翼孙又添丁

四世喜同堂蟊斯衍庆
一门臻五福燕翼殆谋

行业、行政联

贺乔迁建房联

春吹玉宇
水映高楼

三阳启泰
五福临门

福地年年好
华堂处处新

庭外遍山绿
室内满堂红

五云蟠吉地
三瑞溢新居

燕报重门喜
莺歌大地春

祥光生福地
喜气溢新楼

喜气随春入户
艳阳送暖开心

槛外莺歌燕舞
门前桂馥兰馨

门聚寿山福水
地生绿夏金秋

里有仁风春意永
家余德泽福运长

庭前芳草皆生意
树上流莺作比邻

江山聚秀归新宇
奎壁联辉映画堂

行业、行政联

燕语催春春满院
莺声贺喜喜盈门

择宅适逢兴旺日
上梁正遇丰收年

逢春杨柳吐新绿
向日楼台披彩霞

德作根基仁作第
义为道路礼为门

春涵瑞气笼仕里
日拥祥云护德门

万丈高楼平地起
千幢大厦手中兴

门庭依柳逢春绿
轩榭临池照水柔

紫微高照勤劳宅第
福气长凝俭朴人家

胜地安居百业旺
华堂集福沐千秋

创大业门庭祥云绕
展宏图宅第瑞气生

祥光满院人财旺
喜气盈门福寿增

喜建华堂春风入座
乔迁新居佳客盈门

雅室文光冲北斗
高楼曲赋唱东风

喜落成华构盈门秀色
庆乔迁新居满屋春风

入新居一堂瑞气
住吉宅满座祥光

大厦落成到处欢天喜地
福人迁入满堂金碧辉煌

上梁欣逢黄道日
竖柱正遇紫微星

兴大厦建乐园景色如画美
住新居创家业生活似蜜甜

上梁欣逢黄道日
立柱巧遇紫微星

宝地呈祥繁昌万代绵富贵
新居焕彩荣华千秋耀康宁

盖屋上梁联

行业、行政联

春华秋实此处饶有农家乐趣
水抱山环其中别具园林风光

新居面对青山，屏障天然，定卜人财两好
雅室门朝绿水，膏腴地质，预占富贵双全

戏剧影视联

艳名天下重
秋声海上来
　　　　　指著名京剧演员程艳秋

舞台方寸悬明镜
优孟衣冠启后人

逝者如斯未尝注
后之视昔亦犹今

有口无口口代口
是人非人人舞人
　　　　　　木偶戏联

英名盖世《三岔口》
杰作惊天《十字坡》
　　　　京剧名伶盖叫天原名张英杰

先代衣冠重新献艺
今人面目仿古装成

金鼓点点载起迎春舞
银弦悠悠唱出幸福歌

银幕五光十色似锦绣
舞台万紫千红如画图

惊变、埋玉，洛水神悲生死恨
还巢、失凤，游园遥想牡丹亭
　　　指京昆艺术家言慧珠，主演《长生殿》
　　　《惊变》《埋玉》等

人物借身装，装出来千形万状
车骑凭步走，走遍了四海九州

凡事莫当前其间应有关心处
为人须顾后上台终有下台时

曲是曲也曲尽人情愈曲愈妙
戏其戏乎戏推物理越戏越真

台上笑台下笑台上台下笑嘻笑
看古人看今人看古看今人看人

行业、行政联

莫坏良心，极恶巨奸转眼终归失败
请看好样，忠臣孝子到头毕竟圆满

大翠喜、小翠花，一文一武，一京一汉
马连良、马连昆，同乡同姓，同教同科

或为君子小人，或为才子佳人，登台便见
有时欢天喜地，有时惊天动地，转眼皆空

历代壮奇观，睹胜败兴衰，千古英雄收眼底
高台共欣赏，听管弦丝竹，数声雅调拓胸襟

尧舜生，汤武净，桓文末丑，古今来多少角色
日月灯，云霞彩，风雷鼓板，天地间大小舞台

别馆接莲池，谱来杨柳双声，古乐府翻新乐府
故乡忆梅市，听到鹧鸪一曲，燕王台作越王台

滚滚江山，只为大花脸争权，国老无能终散场
纷纷世界，怎能正式生揸印，奸臣尽杀始收局

台上莫漫夸，纵做到厚爵高官，得意无非俄顷事
眼前何足算，且看他抛盔弃甲，下场还是普通人

谭鑫培、谭小培、谭富英，祖孙三代，三代三生，衣钵真传
言菊朋、言少朋、言慧珠，京昆一家，一家一脉，声名远扬

一部廿四史，演成古今传奇，英雄事业，儿女情怀，都付与红牙檀板
百年三万场，乐此春秋佳日，酒座簪缨，歌弦丝竹，问何如绿野平原

行业、行政联

尧舜生，汤武净，五霸七雄丑末耳，伊尹太公便算一支耍手，其余拜将封侯，不过摇旗呐喊称奴婢

四书白，六经引，诸子百家杂说也，杜甫李白会唱几句乱谈，此外咬文嚼字，大都沿街乞食闹莲花

戏剧本属虚，虚中求实，实非为实，虚非为虚，虚虚实实，方寸地生杀予夺，荣辱贵贱，做来千秋事业，莫道当局是假

唱弹原为乐，乐里藏忧，忧民之忧，乐民之乐，乐乐忧忧，顷刻间悲欢离合，喜怒哀惧，现出万代人情，须从戏里传真

工厂、企业联

一轮行天下
两手定乾坤
　　　　　小农用车厂联

聚来千亩雪
化作万家春
　　　　　棉厂联

烧就红砖蓝瓦
建成大厦高楼
　　　　　砖瓦厂联

鸿雁传书通九域
绿衣送暖达千门
　　　　　邮电联

乌江滚滚千家暖
红火年年万众欢
　　　　　煤矿联

彩色缤纷荣世事
荧屏辉耀乐人寰
　　　　　电视机厂联

驾雾腾云诚便捷
追风逐电慑飞行
　　　　　无线电厂联

楼船四海迎春色
巨舸三江奏凯歌
　　　　　船厂联

炉火丹心映旭日
桃花人面笑春风
　　　　　钢铁厂联

迎宾客音同流水
待友亲曲胜阳春
　　　　　乐器厂联

行业、行政联

原油转市通瀛海
盛誉蜚声沏九州
    油运公司联

配件万宗甘作配
联营两省更相联
    机械配件联

水中铸出千秋鉴
火上凝成一片冰
    玻璃厂联

夺隘闯关传伟绩
收云贮雪赞神机
    棉花机械厂联

酒香九域久常盛
市旺四时事业兴

坛封金露浸脾冽
缸驻春风饶鼻香

酒创三优传盛世
春归四化立新功
    酒厂联

惜物如金收益广
化废为宝节材多
    物资回收公司联

熔天地凝成铁臂
举钟鼎惊倒霸王
    重型机械厂联

信有机缘抒管见
试通云路献荧光

晶体频传千里路
锗硅拓开万重山
    晶体管厂联

熊熊烈火腾丹彩
蜿蜒飞龙送乌金
    矿山设备制造厂联

梳到古今丝丝润
篦邀中外缕缕香
    梳篦厂联

塑料成型随我意
发泡助剂夺天功
    塑料助剂厂联

改革春风厂添翼
驱魔良药人增寿
    制药厂联

事业于今如刻鹄
文心自古重雕龙
    木雕厂联

金剪裁成丹凤舞
银针引出绿鸾飞
    刺绣厂联

大地无私开怀献宝
科学有术点石成金
    矿业公司联

行业、行政联

保币克患微资君莫吝
化险为夷后顾自无忧
　　　　　　　保险公司联

银线系万家织成爱网
电流输千户点亮心灯
　　　　　　　供电所联

绝缘不绝意一片厚意
容电更容情两厢深情
　　　　　　　电子元件厂联

焊镴条条熔通四化路
弧光闪闪开放革新花
　　　　　　　电焊机厂联

九万里鹏程扬波击水
三十春雁路化雪融冰
　　　　　　　化工厂联

六层并举一峰占独秀
十轮齐转四载换新天
　　　　　　　机械厂联

雷鸣电闪气吞千担砾
雾散云清机造万层楼
　　　　　　　建筑机械厂联

妙手印成八怪诗书画
精工染就三友竹松梅
　　　　　　　印染厂联

驱蚊灭蝇为万人造福
杀虫除害保五谷丰登
　　　　　　　农药厂联

催禾壮催起五湖金浪
引化肥引来四季天香
　　　　　　　化肥厂联

电缆神经赋千船远志
光纤感应罗四海雄心
　　　　　　　船用电缆厂联

异兽珍禽，稚子含茹乐
新桃秀李，东风煦拂香
　　　　　　　糖果冷食厂联

万里赴长途追风逐电
百年兴大业催马加鞭
　　　　　　　客车厂联

骊山探珠有万名高手
地宫取宝穷千丈深潭
　　　　　　　煤窑联

静室一两支，烟云得趣
清江四十载，星火生辉
　　　　　　　清江卷烟厂联

砥砺长空鼓雄风锐气
峥嵘大地驰美誉佳名
　　　　　　　空压机厂联

行业、行政联

众号神医胜华佗妙药
公推圣手创扁鹊新方
　　　　　　　制药厂联

钢水奔流化作千里喜报
油浪滚动谱成万首凯歌
　　　　　　　钢厂联

爆竹知音催开万朵心花
春雨多情浇醉千顷麦浪
　　　　　　　鞭炮厂联

酒味冲天，飞鸟闻香化凤
糟粕落地，游鱼得味成龙
　　　　　　杏花村汾酒厂联

机声隆隆，车间盛开优质花
笑语阵阵，班组齐唱胜利歌
　　　　　　　机械厂联

剪锦裁绸，激情荡漾三江水
飞针走线，巧艺温暖万人心

十指生辉，打扮千男万女英姿美
一心裁剪，装饰四面八方艳阳春
　　　　　　　服装厂联

旅路越山川车辆出行驰胜境
飞轮追日月油门踩动驾春风
　　　　　　　汽运站联

旅途路路通通北通南通世界
游客人人乐乐天乐地乐逍遥
　　　　　　　旅游公司联

党政机关联

为官当立凌云志
执政须怀创业心

功高不泯忠贞志
位尊更坚公仆心

国施善策千家富
党引春风百业兴

党引春风迎舜日
国施善策乐尧天

政策是桥通四化
法制为剑镇妖魔

老前辈首辟康庄道
新后代再绘锦绣图

不惧不抗信心照亮青春路
敢拼敢搏勇气敲开理想门

干革命廉洁奉公一身正气
做公仆正直无私两袖清风

行业、行政联

保障人民权利扶善安良树正气
执行国家法律惩凶除害去邪风

伯乐具慧眼长征新途奔驰千里马
领导识英才四化大任倚重接班人

军队联

喜临英雄门第
春到光荣人家

光荣传统光荣史
钢铁长城钢铁兵

铁壁铜墙安社稷
精兵强将固长城

归田不失疆场志
解甲犹怀战士情

光荣人家门庭凝瑞
功臣宅第院落生辉

军民携手铜墙铁壁
工农协力国富民强

军民联防牢不可破
民族团结坚如磐石

持枪列阵铁臂筑长城
横刀勒马红心守边疆

月缺月圆日日夜夜思念骨肉兄弟
日出日落朝朝暮暮盼望祖国统一

是中国脊梁，不怕牺牲，不言放弃
真人民子弟，心魂相系，生死相依

水莫能拦山焉可挡，听军令一声陆海空冲锋陷阵
灾情似火人命关天，看胸怀万里子弟兵热血柔肠

体育联

圣火传民意
金牌壮国威

天下健儿酬壮志
体坛强者竞风流

田径场上龙腾虎跃
游泳池边燕舞龙翔

大球小球大小球誉满全球
金杯银杯金银杯功溢众杯

行业、行政联

清水无波愿随鸥鹭江头闹
阳春有脚志伴鱼龙月下飞
游泳馆联

体坛新秀朝气勃勃翠竹吐绿
沙场宿将雄风铮铮宝刀显锋

太极八卦少林功，古代神鞭焕彩
北腿南拳连环掌，中华武术扬威
武术馆

体坛传捷报升起五星红旗耀寰宇
女排夺冠军堪称巾帼英雄名扬全球

文化艺术联

楚河分将帅
汉界有车兵
棋联

流水无闲韵
高山有妙音
琴联

艺苑百花争艳
文坛万象更新

文坛萃汇群星灿
艺苑春融百卉妍

自古桑田风景字
从今水墨世间情
字画店联

诗书画印刻青史
松石云泉塑黄山

幽籁静中观水动
尘心息后觉凉来

书香室雅清风溢
画美神怡淑气盈

雨润墨花春世界
风吹书海笔乾坤
以上为书画联

馆蕴文明文蕴馆
书藏智慧智藏书
书店联

荡舟学海给心灵充电
追梦书山让智慧开花
图书馆联

翰墨飘香，装点文坛春化雨
诗联写意，陶冶雅兴韵传神
文化站联

文海漫游，愧无雅韵酬知己
书山解惑，幸有儒风惠子孙
书店联

行业、行政联

左氏笔右军书前汉史后唐演义
东坡赋西游记东华经北山移文
　　　　　　　　　文化局联

老树吐奇花一江流霞绕日出
新枝放异彩万山飞虹驾云来

学海艺海能手芸芸众星媲美
文坛诗坛英才济济群芳争妍

教育科技联

四季静心培学子
一生沥血育栋梁

乐育桃李竞馥郁
笑看英才做栋梁

无心赏月中丹桂
有志攀宇宙高峰

知识海洋勤是岸
科学高峰志为梯

一箭冲天乾坤增色
双雄探秘宇宙生辉

创业想英才蕙兰并茂
拓荒看异彩桃李争荣

攀绝崖志在书山探宝
驾狂涛喜向学海采珠

掌握科学如猛虎添翼
革新技术似骏马扬蹄

攻尖端振羽驰骋劲冲天
攀高峰奋翼遨游志凌云

追科学挟雷逐电摘星月
攻雄关倒海翻江锁蛟龙

艳阳吐彩讲台展千秋画卷
春风送暖校园绽万树蓓蕾

学海无涯飞舟最爱迎激浪
书山有路骏马更需快加鞭

重德重才潜心造就新一代
管教管导全面培养接班人

格物致知，明世间沧桑事
知礼笃学，做名校读书人

做红烛为后代点燃智慧之火
化甘霖育桃李浇开理想之花

播火传薪，精育贤能兴国祚
崇文尚德，力臻品学灿黉门

崇德启智桃李满园，因材施教圆凤梦
博览笃学师资独秀，秉烛行文绣玉帛

行业、行政联

科技兴村,呕心沥血恩情厚,靠勤劳,巧手裁剪河山美景

果瓜惠户,跃马扬鞭胆气雄,凭科学,红心绘描日月新天

讲学不在多言,先挞破名利一关,仰无愧,俯无怍,乃圣贤真学问

通经尤期实用,果认得忠孝二字,体于身,修于家,为豪杰大经纶

医药、卫生联

神效乌须药
祖传狗皮膏

苦心求妙术
辣手去沉疴

银针出妙手
白衣怀丹心

但愿人皆健
何妨我独贫
清代名医范文甫联

威灵仙唱神曲
大佛手指南星

书画最宜白纸(芷)
伤风尤须防风

细考虫鱼笺尔雅
广种草木续离骚

稚子牵牛耕熟地
将军打马过常山

海龙海马通大海
红花红藤映山红

烦暑最宜淡竹叶
伤寒尤妙小柴胡

琥珀青黛将军府
玉竹重楼国老家

红芽大戟将军府
金钱重楼国老家

红花红豆红孩儿
白梅白果白头翁

金钗布裙过半夏
栀子轻粉迎天冬

玉叶金花一条根
冬虫夏草九重皮

 行业、行政联

春暖带云锄芍药
秋高和露种芙蓉

一阵乳香知母到
半窗故纸防风来

灵仙自有飞升药
慈姑常存夺命丹

但愿世间人无病
哪怕架上药生尘

花发东园开仲景
水流丹溪到河间

刘寄奴含羞望春花
涂长卿砒霜采腊梅

白头翁牵牛耕熟地
天仙子相思配红娘

药可治病药可致病
水能载舟水能覆舟

片片真情传递凡人爱
滴滴热血绽开生命花
　　　　　　　　献血站联

天仙弹琵琶高奏神曲
雷公吹铁笛惊醒云母

一药一性岂能指鹿为马
百药百性焉能以牛易羊

牡丹门前如火不点自红
茴香屋侧似花无求仍香

如来神力至极轻变生地
金猴聪明绝顶难逃佛手

金银花小香飘七八九里
梧桐子大日服五六十丸

小才(柴)糊(胡)涂,冒昧、冒昧
何首无(乌)句,平常、平常

生地人生,父子当归熟地
找人难找,毋如打马茴香

灯笼笼灯纸(枳)壳原来只防风
鼓架架鼓陈皮不能敲半夏

水莲花半枝莲白花照水莲
珍珠母一粒珠玉碗捧珍珠

大将军骑海马身披穿山甲
小姑娘坐河车头戴金银花

宝炉炼丹大王知母救前子
玉竹熬膏使臣远志夺丁香

术绍歧黄妙药扫开千里雾
艺传卢扁金针点破一天云

丹心妙手白衣战士除疾病
银针草药人民医生创稀奇

行业、行政联

治瘤疗疴扁鹊重生称妙手
扶伤救死华佗再世颂白衣

铁杆如梅菊黄大枣如红灯
曲枝似龙雪白小花似金星

无欲无求，术有千金施大德
至仁至善，心存一念救苍生
题孙思邈（古代名医）故居联

蕙兰开花香郁郁，溢满东西南北
淡竹缀叶绿葱葱，历尽春夏秋冬

神州到处有亲人，不论生地、熟地
春风来时尽蕾花，但闻藿香、木香

白玉犹有瑕，求人十全十美何处觅
青春岂无限，择偶千挑千拣几时休

妙手悬壶，倾仁注爱，丹灶犹香蛇舌草
诚心济世，扶正祛邪，青囊更胜马蹄金

看女贞子配玉桂，戴银花，滑石阶前步步川连行熟地
听白头翁弹黄芩，唱神曲，沉香庭畔声声龟板颂灵仙

白头翁持大戟，跨海马，与木贼、草寇战百合，旋复回朝，不愧将军国老

红娘子插金簪，戴银花，比牡丹、芍药胜五倍，苁蓉出阁，宛若云母天仙

服务行业联

店好千家颂
坛开十里香

向阳商店连百姓
春风柜台暖万家

生意兴隆通四海
财源茂盛达三江

生意如同春意美
财源更比水源长

货架上鲜花朵朵
柜台内春意融融

喜看橱窗食品琳琅满目
笑揽柜台鲜货灿烂多姿

物美价廉顾客盈门笑语朗
熙来攘往春光满店喜气多

行业、行政联

三尺柜台紧连四化大业
一颗红心通向八方佳宾

文明经商三尺柜台春意笑
礼貌待客一腔热忱语带香

文明经商货流五湖四海
礼貌待人心向万户千家

笔行神至龙纹画
刀走力到金石开

六书传四海
一刻值千金
　　　　　上两联为刻字店联

丝竹管弦歌盛世
梆锣鼓号庆升平
　　　　　乐器店联

悬将小日月
照彻大乾坤
　　　　　眼镜店联

信息千条通富路
手机万部架金桥
　　　　　手机店联

四宝锦铺王张帖
三春潮涌李杜诗
　　　　　文具店联

融百年珍味
采万物灵芝

座上客常满
杯中酒不空

三餐乐全家
五味香满园

调和五香羹
烹煮三味鲜

铁汉三杯软脚
金刚一盏摇头

饭菜誉满三江水
情意饱暖四海心

幸有菜根娱雅客
愧无珍味宴嘉宾

聊借清风娱客醉
愧无盛馔佐君餐

入座三杯醉者也
出门一拱歪之乎

鲜美火锅留旧客
纯香骨架引新朋

行业、行政联

一人工作千人食
五味调和百味香

五味烹调香千里
三餐饭美乐八方

绿色蔬菜保康健
山珍海味任君尝

盘浅情浓味适佳宾口
物美价廉甜透贵客心

竹叶杯中万里溪山闲道绿
杏花村内一帘风月独飘香

远客来沽，只因开罐香千里
近邻不饮，原为隔壁醉三家

礼尚往来，请上人独吃四碗
谈何容易，邀下官同饮三杯

陶潜善饮，易牙善烹，饮烹有度
陶侃惜分，夏禹惜寸，分寸无遗
　　　　　　　　以上为饭店联

美味招来云外客
清香引出洞中仙

李白借问谁家好
刘伶向言此处高

斟来琥珀当酣饮
捧出春醪自解眸
　　　　　　　　以上为酒楼联

燃气火千家，燎燃岁月红红火
惠风春万里，施惠城乡暖暖春
　　　　　　　　热力公司联

红心换得乡村新面貌
汗水赢来街巷好风光
　　　　　　　　保洁工作联

烟熏火燎门第
翻身打滚世家
　　　　　　　　油条店联

新事业从头做起
旧现象用手推平

谨为足下服务（擦皮鞋）
且看顶上功夫

进来乌头宰相
出去白面书生

进来蓬头垢面
出去容光焕发

莫谓毫末技艺
却是顶上功夫

相逢尽是弹冠客
此去应无搔首人

行业、行政联

做天下头等事业
用世间顶上功夫

理世上万缕青丝
创人间头等事业

不教白发催人老
更喜春风满面生

磨砺以须,天下有头皆可剃
及锋而试,世间妙手等闲瞧
以上为理发店联

春风满面精神振
爽气盈头姿色丰
美容店联

月老牵红双喜庆
天缘合璧百年长

愿天下有情人都成了眷属
是前生注定事莫错过姻缘
以上为婚介所联

愿将天上云霞绮
换作人间锦绣衣

展千种彩锦装点江山皆秀色
列万件时装打扮人间尽春姿
以上为服装店联

与我同袍,莫非礼乐衣裳客
为君制锦,都是荣华富贵人
绸缎店联

步月能驾雾
登云可代梯

桥边堕去留侯取
天半飞来叶令归
以上为鞋帽店联

虚心成大器
初节见奇才

莫将小器论君子
能解虚心是我师
以上为竹器店联

针头线尾小商品十分重视
布匹鞋帽大路货一应俱全

安于小精于小,一柜针头线尾
忙其中乐其中,满店笑语欢声
以上为杂货店联

蜜中露饯
千里藏鲜

桃李交谊笃
橘柚及时登

行业、行政联

未登瑶池宴
已成蟠桃仙
以上为果品店联

能于细处求精确
惯于时间较短长

夺秒争分须知创业艰难时不我待
同心协力莫道攀登不易事在人为
以上为钟表店联

还我庐山真面目
爱他秋水旧姿容

现出须眉都俊俏
看来毫发不参差

个个镜头含情意
张张笑脸带春风
以上为照相馆联

风尘仆仆进宾馆
笑语融融上征途

宾至如归少安毋躁风尘小住计亦得
客来不速且住为佳萍水相逢缘最奇

迎八面春风入院
顾四方贵客归家
以上为旅馆联

共沐一池水
分享四季春

池中温泉请君入浴
足下顽疾找我来医

涤陈浴新暖心扉,胸怀更广
碧池玉泉洗风尘,精神倍来

石室春暖人宜浴洗却全部污垢
水阁冬温客更暖增添一身豪情
以上为浴室联

淡浓随意染
深浅入时新

洗洗染染胜似西施浣纱
缝缝织织赛过晴雯补裘
以上为印染店联

残碑留古迹
妙墨焕新华

大地山河生笔底
九州人物出毫端
以上为书画社联

轻重得宜大权在手
偏重不倚双纽关心
制秤匠联

行业、行政联

欲评诸物量
自有寸心知

秤虽小，掌管人间烟火
店不大，有关国计民生

双纽关心，信用权衡刚正
一杆在手，真诚把握公平
以上为度量衡器具店联

一把曲尺能成方圆器
几根直线造就栋梁材
木匠联

鹊噪鸦啼，并立枝头谈福祸
燕来雁往，相逢路上话春秋
鸟店联

慈母手中忙理布
爱妻灯下细穿针
针线柜联

不要由它多破绽
必须为尔早弥缝
缝补衣服店联

织成云霞锦
绣出草木花
丝绸店

昨夜敲棋寻子路
今朝对镜见颜回
象棋店联

台上是人，台下也是人，锣鼓敲响，人看人
大砧是铁，大锤也是铁，风箱拉动，铁打铁
铁匠联

熙春渔港千帆挂
出海云涛万网张

白水春暖千家乐
珠海波平万舶来

宝货上船千倍利
贵客登舟遇顺风

帆舞东风江大海
门临旭日照渔家

一篙击碎河里月
双橹划破水中天

九曲三弯随舵转
五湖四海任舟游
以上为游船联

越岭穿山，千般美景千般画
迎来送往，一路春风一路歌

行业、行政联

生态创优，三门靓丽，展翅天鹅迎远客
匠心泼彩，万类和谐，迷人画卷焕新姿
　　　　　　　以上为旅游联

春回大地，福满中华，千重美景千重画
火树银花，马龙车水，万里通途万里诗
　　　　　　　交通联

八方旅客五洲畅
千里江陵一日还
　　　　　　　航空联

楼上珍珠卷
窗前翡翠垂

满架鼎彝罗列秦汉
一窗图画璀璨云霞
　　　　　　以上为文物店联

售人岂作趋炎志
知我常输献曝成

铸造英雄洪炉鼓冶
融和造化大地回春
　　　　　　以上为煤炭业联

送出千袋面
换来万家春

谷乃国之宝
民以食为天
　　　　　　以上为粮油店联

石磨飞转，涌起滔滔玉液
铁锅沸腾，凝成闪闪银砖
　　　　　　　豆腐店联

千里传佳音，飞骑走万户
八方报喜讯，银线达九州
　　　　　　　邮电局联

搬山扛海，热汗飞洒豪情涌
多装快卸，搭肩抖擞干劲来
　　　　　　　搬运站联

蝶疑唐库出
燕认汉宫来

描龙绣凤天工出巧手
染莺缀燕绝技见匠心
　　　　　　以上为工艺美术店联

匠心随所欲
着手便成春

松柏有木性
园林无俗情

行业、行政联

雪压红梅放异彩
春归芳草发新芽

有意栽花花不放
无心插柳柳成行

好园林百花齐放
新世纪万木争荣

富水园林平泉花木
春风桃李秋雨芭蕉

树植院中年年吐秀
花开园内处处闻香

以上为花木店联

香分花上露
水吸石中泉

北汲百泉池中水
南采龙井山上茶

花笺茗碗香千载
云影波光活一楼

扫来竹叶烹茶叶
劈碎松根煮菜根

茶亦醉人何必酒
书能香我无须花

泉从石出情宜冽
茶自峰生味更圆

一杯春露暂留客
两腋清风几欲仙

汲来江水烹新茗
买尽青山当画屏

大工夫小工夫一样工夫
人有道茶有道同求有道

一掬甘泉好把清凉洗热客
两头岭路须将危险告行人

小天地，大场合，让我一席
论英雄，谈古今，喝它几杯

最宜茶梦同圆，海上壶天容小隐
休得酒家借问，座中春色亦常留

一勺沥清心，酌水谁含出世想
半生盟素志，听泉我爱在山声

客上天然居，居然天上客
人来交易所，所易交来人

红透夕阳，好趁余辉停马足
茶烹活水，须从前路汲龙泉

行业、行政联

　　山好好,水好好,入亭一笑无烦恼

　　来匆匆,去匆匆,饮茶几杯各西东

　　楼外是五百里嘉陵,非道子一笔画不出(道子:吴道子,唐朝画家)

　　胸中有几千年历史,凭卢仝七碗茶引来(卢仝:唐朝诗人,不愿做官)

　　好事不容易做,大包不容易卖,针鼻铁,薄利只凭微中售

　　携子饮茶者多,同父饮茶者少,檐前水,点滴何曾倒转流

　　　　　　　　以上为茶馆联

挽 联

通用挽联

英灵永在
硕德长存

德行遗美
善举留芳

哀歌恸梓里
美德在人间

正气千秋颂
高风万古佳

宝地埋忠骨
青山留美名

雨落苍天垂泪
雷鸣大地动哀

泼墨遗香书焕彩
挥毫留梦韵悠长

血洒海疆悲月落
魂归云路仰天高

蝶花竟成辞世梦
鹤鸣犹作步虚声

鹃啼五夜凄风冷
鹤唳三更苦雨寒

一生忠厚为人表
半世勤劳留美名

孝子不离方寸地
哀声震动九重天

泪雨涤尘洗天路　　白马素车愁入梦
悲声惊世动人间　　青山碧海泪惊心

无私慷慨身殉国　　白马素车挥别泪
含笑牺牲志凌空　　青天碧海系离愁

壮怀犹在风云上　　事业已归前辈录
诗卷长留天地间　　典型留与后人观

青山有情雪戴孝　　秋草独寻人去后
绿水留义叶送思　　寒林空见日斜时

德归九天悲庭月　　桃花流水杳然去
芳流万代忆春风　　明月春风何处游

良善择德千秋在　　流水夕阳千古恨
亮风高节万古存　　凄风苦雨百年愁

鹤驾已随云影杳　　大雅云亡梁木坏
鹃声犹带月光寒　　老成凋谢泰山颓

花落胭脂春去早　　千里吊君唯有泪
魂销锦帐梦来惊　　十年知己不因文

今宵杵捣蓝桥去　　英雄功绩昭日月
何日笙吹白鹤来　　烈士英名传千秋

祥光灿烂照先祖　　人间未遂青云志
瑞气蒸腾裕后昆　　天上先成白玉楼

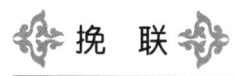 挽　联

绿水青山谁作主
落花啼鸟总伤神

直道至今犹可想
旧游何处不堪悲

大雅云亡空怀旧雨
哲人其萎怅望醇风

烟雨凄迷万里名花凝血泪
音容寂寞清溪流水是哀声

音容宛在，勤劳一生传佳话
笑貌仍留，美誉百世著清风

挂剑若为情，黄菊花开人去后
思君今何在，白杨秋净明月时

明月不长圆，过了中秋终是缺
高风安可仰，如何一别再难逢

契合拟金兰，岭表玉梅嗟减色
飘零悲玉树，山阳寒笛不堪听

专用挽联

梦中常流思母泪
耳畔未听唤儿声

萱草凋残空抱痛
怀卷犹在不堪哀

痛失严椿千古恨
悲兴嫩桂百年愁

萱花顿萎厚爱少
慈恩未报遗憾多

慈竹当风空有影
晚萱经雨不留香

慈母辞尘千秋去
儿孙涕泪几时干

深恩未报愧为子
饮泣难消欲断肠

生前记得三冬暖
亡后思量六月寒

游子身上衣，衣衣带泪
慈母手中线，线线连心

音容莫睹伤心难禁千行泪
亲恩未报哀痛不觉九回肠

生我养我一世操劳心倾尽
思亲念亲三更惊醒泪难干

慈母寿超七旬驾鹤奔蓬岛
哀儿心伤五内披麻念亲恩

挽联

九泉路远眼中空流思亲泪
三更梦惊耳边犹听呼儿声

杜宇伤春泣残雪泪悲花老
慈马失母啼破哀声夜光寒

母逝泪难干遥忆音容犹在目
父终情更惨每怀手泽倍伤心

万里心伤，一行书寄千行泪
千年恨别，心到母边信到无

生死殊途，从此无闻慈母训
阴阳两隔，于今难见倚闾人

哭父泪千行两袖泪痕顿抱痛
呼亲肠寸断孤儿声哑唤难回

吾父六秩未周抛却儿孙辞尘去
祖母八旬衰老哭伤子路望颜回

扶桐杖以寻亲只恨冥中无子路
寝苫块而盼母除非梦里有颜回

数十年教养维艰每念亲恩伤罔极
六七口儿孙无依永念举室共悲哀

严父华年去世，孤泪寒心，
已是平生遭地裂
亲娘极力持家，单肩重任，
忽然仙驾似天崩

　　　　　　以上为挽父母联

每思田园共笑语
难禁空房热泪流
　　　　　　挽夫联

黄镜影孤哉，惨听秋风悲落叶
锦机声寂矣，愁看夜月照空帏

少男未娶小女未婚忽去九
泉卿太忍
二子无依诸孙失恃独留重
担我难挑

　　　　　　以上为挽妻联

公不少留风木伤心分半子
吾将安仰典型空欲问黄泉

公不少留风木伤心分半子
吾将安仰音容回首隔九泉

半子情深大厦悲倾梁大坏
游仙迹杳浓云惊把泰山移

　　　　　　以上为挽岳父联

获选昔乘龙自入婿向蒙眷爱
游仙今驾鹤哪堪甥馆痛慈云

懿范堪夸此去九泉空仰慕
灵车在驾殊深半子痛哀思

　　　　　　以上为挽岳母联

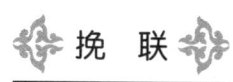

挽　联

痛失慈萱，花落竹林春去早
悲兴犹子，光寒婺宿夜来沉
　　　　　　　　　挽叔伯母联

想见音容空有影
欲闻教诲杳无声

感恩空洒门墙泪
抚几犹沾翰墨香

大道为公，徒存手泽
因材施教，顿失心传

秋水蒹葭，溯回注哲
春风桃李，想象斯文

福寿全归，教泽赢声誉
音容宛在，良师荫后昆

最个辛，满园苗株伤化雨
最难堪，一门桃李哭春风

风惨云凄，对青灯而自苦
山颓木坏，痛绛帐之空悬

几度年华探津求源成益友
满园桃李捶胸洒泪悼良师

教泽宏施，忆昔年，同沾化雨
音容顿隔，痛此日，空仰高山

格物致知，语惊四座笑谈因果
标新济世，名烁千秋学博古今

教育终身，备尝艰苦，喜桃李芬芳，正遍布天下
桂兰挺秀，勇攀高峰，看辉煌事业，应含笑九泉
　　　　　　　　　以上为挽老师联

辞尘祖去空留像
投笔人回不见颜

三更露凉泪洒孙男
一夜秋风狂摧祖竹

灵魂归净域孙行戚戚痛于心
抱病授遗言祖训谆谆犹在耳

祖父辞尘深痛音容难再睹
嫡孙承重回思教诲怎能遗

孤儿五夜痛劬劳四处悲寻未见生身回此地
二孙千秋伤永诀百呼不转哪知祖父注香山
　　　　　　　　　以上为挽祖父联

祖母云亡未报深恩徒涕泪
嫡孙承重还从何处睹音容

慈竹风摧鹤唳一声悲属纩
西山日落鸠扶只影痛含饴

痛祖母有子先亡心伤地下
悯幼孙孤身承重泪洒灵前

李密陈情遗我空悲惊落日
王裒哀父蓼我不读感当年

挽联

　　寿越八旬方期鹤算频添与诸孙共娱晚景
　　当时六月讵料音容顿杳对祖母未报深恩

　　含祖母寿越七旬昔年顾腹含饴毕世操劳伤罔极
　　教孙曹家中数口此日哀号泣血终天所恨痛难陈
　　　　　　　　以上为挽祖母联

　　送注事居念昔先人唯陨涕
　　承嗣践位恸予小子独含悲

　　恪守宗支继续仰承叔父志
　　哀扶灵柩勉当方尽嗣子心
　　　　　　　　以上为挽嗣父联

　　世事无常，雁序参差嗟杳渺
　　音容何在，鹤原寂寞痛归真

　　景况无常雁阵参差惊失侣
　　音容何在鹤原寂寞痛归真

　　亢宗唯盼兄哪堪一阵秋风鸿雁哀鸣悲折翼
　　传经常励弟向忆三年雨化杏坛冷落报怆怀
　　　　　　　　以上为挽兄弟联

　　鸿雁溯遗徽执笔未能扬嫂德
　　燕京传噩耗驰书何以慰兄悲

　　冢归奉姑嫜早年家政亲操
　　十载清风资旧助

　　佳儿贻娣姒指顾云程可步
　　一轮凉月立新秋
　　　　　　　　以上为挽嫂联

　　阿弟辞尘致使荆庭悲寂寞
　　为兄洒泪何堪手足痛伤情

　　阿兄年近老，阿侄月初生，阿弟长辞，万事忘怀丢我理
　　尔子婚未完，尔女言甫学，尔妻无靠，几条重担放吾肩
　　　　　　　　以上为挽弟联

　　吾婿竟生悲地下莫忘代侍翁姑终妇职
　　没年何太促天涯远隔不闻父母哭儿声
　　　　　　　　挽女儿联

　　至亲无间注来情谊相孚不殊昆季
　　旧事哪堪回溯交游如昨今隔人天
　　　　　　　　挽表兄弟联

　　姻好附孙枝当年空怀千尺影
　　仰瞻同祖父未秋先陨一庭霜

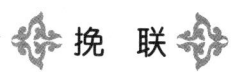

沉疴不治，绝饮两周，煮粥未饮殊抱恨
噩耗突闻，迟来一刻，临终无语情更悲
以上为挽外祖父联

阿妹云亡香茗已消空抱恨
亲哥未老油茶畀寄亦无缘

阿妹早赴泉台沉疴抱痛成永诀
愚兄暂留人间云愁雾惨不胜悲
以上为挽妹联

秦晋已联姻，方期鹤算绵长，满似黄花开晚节
茑萝刚有托，又报骑鲸归去，空余清酒奠英灵

桑梓俱称贤，正期安享高年，柱杖优游东海福
茑萝方有托，岂料忽传噩耗，举头怅惘北岳姻
以上为挽男亲家联

七秩享高年，贤著母仪方羡萱草全福禄
三秋居季月，长抛姻晚陡惊仙驾赴瑶池
挽女亲家联

晋重耳车马长辞神伤渭水
谢安石室庐依旧泪洒西州

宅相无成明月秋风思舅氏
乔阴莫仰残山枯水哭西州

甥舅最关情忆昔年追随身傍耀星祝南极
神人今异域痛此日伤感又教悲泪洒西州
以上为挽舅父联

亲联姻眷声气相投谊重情深难尽述
病入膏肓幽冥永隔生存死别不胜悲
挽姻伯联

严父数载沉疴回天无力竟尔辞尘归下地
慈母辛劳成疾医药不效枕苫抱痛恨终天

父逝肠寸断遥忆音容眼中空流思亲泪
母经情更惨每怀教诲耳畔犹听唤儿声
以上为挽父母同丧联

养老送终属望儿媳敦孝道
弃亲长逝先随婆母赴阴曹
挽婆媳同丧联

挽 联

何处听琴流水高山成古调
特来挂剑清风明月照遗徽

泉下侍先人想公伉俪追随
忘却一生烦恼事
灵前挥涕泪痛我芝兰凋谢
永无再见笑谈时
　　　　　　以上为挽朋友联

已到暮年名曰悼亡实偕老
不妨多病君今先去我还留

数十年赤手起家你死料难
如注日
八旬人白头永诀我生谅也
不多时
　　　　　　以上为妻挽夫联

名垂史册千秋永
气壮山河万古存

伟绩丰功昭万代
英名浩气壮千秋

山河呜咽悲英烈
事迹风流泣鬼神

英灵浩气千秋在
先烈精神万古存

懿范典型千秋永在
高风亮节万古长存

舍己为人，当仁不让
赴汤蹈火，见义勇为

公有千秋名，国有儒将
生为万人敌，死为鬼雄

大树遮云，万古高标铭史册
长城固国，千秋毅魄铸军魂

忠魂不泯，热血一腔化春雨
大义凛然，壮志千秋泣鬼神

孤注一身轻，故国江山作遗泽
长城万里堕，中原豪杰望何人

名垂青史，功耀红旗，万古长怀
英烈
气壮丹霄，人埋碧血，千秋共仰
仪型

洒悲泪，悼念人民英雄，奋
战长征开伟业
怀烈士，继承革命传统，献
身四化慰忠魂
　　　　　　以上为挽烈士联

丹心照日月
刚正炳千秋

正气留千古
丹心照万年

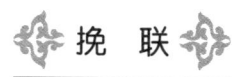

耿耿丹心垂宇宙
巍巍功业泣山河

风风雨雨为人民终生奋斗
山山水水留足迹风范长存
　　　　　　以上为政界挽联

名人挽联

一身不自保
千秋有英名
　　　　秋瑾墓前挽联

长征老战友
文革病诗人
　　　　董必武挽谢觉哉联

黑海惊噩耗
英名留青史
　　　　某人挽冯玉祥联

悲哉秋之为气
惨矣瑾其可怀
　　　　某人挽秋瑾联

身耽白下残烟景
死恋扬州好墓田
　　吴敬梓的好友程晋芳挽吴敬梓联

咨议局前新鬼录
黄花岗上党人碑
　　潘达微挽黄花岗七十二烈士联

有灵为我促杨虎
多难思君吊培兰
　　　　于右任挽罗培兰（杨虎城夫人）联

青山有幸埋忠骨
白铁无辜铸佞臣
　　　　岳飞墓前联

草野望之若时雨
庙堂倚之为长城
　　　　左宗棠挽林则徐联

朝闻道夕死可矣
今而后吾知免夫
　　　　清朝光绪帝老师翁同龢自挽联

平生功业尤拉化
时代文章数阿Q
　　　　郭沫若挽鲁迅联
注："尤拉化"指语言大众化与拉丁化。

白阳青藤开新泾
老缶大匠有遗风
　　　　张奚若挽齐白石联

丹心共见燕山夜
健笔终存天地间
　　　　杨述挽邓拓联

英雄气魄垂千古
国际精神召万民
　　　　某人挽彭德怀联

挽联

英勇探求存猛志
噩耗如铁哭方之
　　　　王蒙挽方之（江苏作家）联

平生慷慨班都护
万里间关马伏波
　　　　孙中山挽黄兴、蔡锷联

正邪自古同冰炭
毁誉于今判伪真
　　　　岳飞墓前联

正倚济时唐郭李
竟嗟无命汉关张
　　　　黎元洪挽黄兴、蔡锷联

数点梅花亡国泪
二分明月照忠魂

谤满天下，泪满天下
创造共和，再造共和
　　　　于右任挽黄兴联

生有志来文兴国
死而后已五乡侯
　　　　上两副联为后人挽史可法联

怒火冲天，王母安在
金梭传世，织女未亡
　　　　某人挽著名黄梅戏演员严凤英联

千秋青史存公论
四海苍生哭此人
　　　　林则徐病死潮州，出殡时群众挽联

是杨虎夫人应习战马
为革命女子等闲沙场
　　　　于右任挽罗培兰（杨虎城夫人）联

百丈松楸驯鹿土
千秋佳节卧牛眠

风清华表翔白鹤
云护佳城关玉鱼
　　　　上两副联为林则徐墓联

是七尺男儿，生能舍己
作千秋雄鬼，死不还家
　　　　鲁迅挽瞿秋白联

丹心应结平权果
碧血常开革命花
　　　　冯玉祥挽秋瑾联

为母当学民族英雄贤母
斯人无愧劳动阶级完人
　　　　毛泽东挽朱德母亲联

草野望之若时雨
庙堂倚之为长城
　　　　左宗棠挽林则徐联

百岁老人，永使百花齐放
万年不朽，赢得万口同声
　　　　郭沫若挽齐白石联

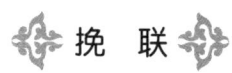
挽 联

壮志难移,回汉各族模范
大节不改,母子两代英雄
　　　　　朱德挽回族英雄马本斋母子联

夫妻恩,今世未全来世再
儿女债,两人共负一人完
　　　　　　　　何香凝挽廖仲恺联

作公民保障,谁非后死者
为宪法流血,公真第一人
　　　　　　　　　孙中山挽宋教仁联

艺苑新葩,海公直声名天下
史学星斗,明祖大传颂千秋
　　《北京日报》挽吴晗联。海公:吴晗编写
的京剧《海瑞罢官》中的海瑞

秦皇安在哉? 万里长城筑怨
姜女未亡也,千秋片石铭贞
　　　　　　　　　文天祥题孟姜女庙联

武伐南唐,一代英名垂宇宙
惠遗北宋,千秋俎豆重乡邦
　　　　　江苏江都曹王寺挽北宋大将曹彬

千门桃李绛帐重茵传绝学
一代宗师春风词笔满中华
　　　　　　某人挽我国词学专家夏承焘联

昙花一现怜尔有才偏早逝
老树千年愧吾无能却后凋
　　　　　　　清代文学家李调元挽一童子

群盗鼠窃狗偷,死者不瞑目
此地龙蟠虎踞,古人之虚言
　　　　　　　　章太炎挽南京光复诸烈士联

吾见子之出而不见其入也
天未丧斯文而忍丧斯贤耶
　　　　梁启超挽蔡锷。上联出自《左传》,下联
出自《论语》

江户矢丹忱,感君首赞同盟会
轩亭洒碧血,愧我今招侠女魂
　　　　　　　　　　孙中山挽秋瑾联

巾帼拜英雄,求仁得仁又何怨
亭台悲风雨,死而不死终自由
　　　　　　　　　　革命党人挽秋瑾联

学术各门庭,与子平生无唱和
交情同骨肉,俾予后死独悲伤
　　　　　　　　　　纪晓岚挽朱笥河联

著作最谨严,非徒中国小说史
遗言太沉痛,莫作空头文学家
　　　　　　　　　　蔡元培挽鲁迅联

洒几滴普通泪,拗几个酸字眼
死两个特殊人,罚五块大洋钱
　　　光绪帝和慈禧太后去世后,四川要求每户
写挽联,有人只写上联,罚五块大洋,某人作联

将略冠军门,日寇几回遭重创
英魂羁缅境,国人无处不哀思
　　　国民党师长戴安澜在缅甸抗日牺牲,朱
德为其作挽联

挽 联

血肉作干城,烈概在火中长啸
光荣归党国,英风使天下同钦
　　　　　郭沫若挽黄继光联

积毁铸沉冤,十年风雨燕山夜
丹心同皎日,千古昭垂赤县天
　　　　　赵朴初挽邓拓联

七十二健儿,酣战春云湛碧血
四百兆国子,愁看秋雨泣黄花
　　　　　黄兴挽黄花岗烈士联

痛饮读离骚,放开今古才子胆
狂歌吊湘水,照见江潭渔父心
　　　　　长沙屈原墓联

忆赣水南昌,并辔驰驱犹昨日
哭大河兴县,共承热泪创明朝
　　　　　贺龙、聂荣臻同挽叶挺联

才气自空群,往事莫将成败论
英灵还为国,壮怀宁以死生殊
　　　　　冯国璋挽黄克强联

集芙蓉以为裳,又树蕙之百亩
帅云霓而来御,将往观乎四荒

五年前瘴海同胞,危艰竟莫重溟浪
二千里长江如镜,扫荡难忘百战人
　　　　清末军机大臣张之洞挽清代水师统帅彭玉麟

郭沫若悼辛弃疾联

铁板铜琶,继东坡高唱大江东去
美芹悲黍,冀南宋莫随鸿雁南飞
　　　　　郭沫若挽辛弃疾联

天下谓奇人,骂座每闻惊世论
文坛摧异帜,剪窗犹忆切磋时
　　　　　清代魏源挽龚自珍联

奈何铁马金戈,仅争得偏安局面
至今山光水色,犹照见一片丹心
　　　　　某人挽岳飞联

悼一代巨星陨落,举世无限伤心
幸满台桃李新生,梅花万古长青
　　　　　白杨挽梅兰芳联

甲兵富于胸中,一代功名高宋室
忧乐观乎天下,千秋俎豆重苏台
　　　　　范仲淹墓联

征程万里,求民族解放光昭日月
上书千言,为人民幸福志壮山河
　　　　　王首道挽彭德怀联

挽 联

目不瞑，志不酬，我父血尽探求路
心不摧，笔不辍，儿等再唱易水歌

子女挽方之联

忆当年组织上游幸获追随依左右
痛今日猝传噩耗顿伤老友又凋零

郭绍虞挽茅盾联

教人成民族英雄，举世共钦贤母范
毕生为劳动妇女，故乡永保好家风

刘少奇、周恩来、陈云挽朱德母亲联

大英雄百折不回，别有锋棱震华夏
先君子九原相见，能无涕泪话山河

黄一欧挽孙中山联

帝国主义尚未灭亡，雄心犹有遗恨
和平阵营已趋巩固，众志必有成城

吴玉章挽任弼时联

日寇凭凌，国难方殷，枪口应当向外
君人主战，民气可用，意志必须集中

毛泽东挽"平江惨案"烈士联

言行唯经典常谈，师表真堪垂后世
文章则雅俗共赏，才名自合冠群伦

全国文联挽朱自清联

一腔忠贞，文章满纸，书生奋挥如椽笔
十载血火，风雨同舟，战友长怀英烈魂

《晋察冀日报》部分战友挽邓拓联

挽联

转眼被复河山，知烈士黄泉，了无遗恨
此心可表天日，借奸奴白刃，剖示同胞

            徐逊园挽徐锡麟联

痛恨失黄龙，锦绣江山，断送金牌十二
英灵来白马，松楸风雨，恍闻铁甲三千

              后人挽岳飞联

无不开之船，打桨扬帆，我去脱离苦海
有未完之戏，偃旗息鼓，儿来收拾残局

              郑板桥自挽联

方悬四月，叠坠双星，东亚西欧同陨泪
钦诵二心，憾无一面，南天北地遍招魂

    郭沫若挽鲁迅联。双星：指鲁迅与高尔基；二心：指《二心集》

经百战，勇冠诸军，常开平天下奇男子
守孤城，心拼一死，张睢阳古之伟丈夫

      甲午中日之战英雄左宝贵家乡山东平邑县红石岭墓前联

功在社稷，名满寰区，当代文人称哲嗣
我游外邦，公归上界，遥瞻祖国吊英灵

           周恩来挽郭沫若父亲郭朝沛联

奋战守孤城，视死如归，是革命军人本色
决心歼强敌，以身殉国，为中华民族争光

              毛泽东挽王铭章联

一饭尚铭恩，况报抱提携，只少怀胎十月
千金难报德，论人情物理，也应泣血三年

              郑板桥挽乳母联

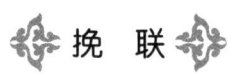
挽 联

男儿死耳,恨壮志未酬,何日含威来华表
魂兮归去,知夜台难瞑,深更幽魂绕萱帏
　　　　　　　　　　　　　　　鲁迅挽丁耀卿联

八百万台湾刚醒同胞,唯先生何人领导
四十年祖国未竟事业,舍我辈其谁分担
　　1925年,孙中山去世,北京各大学求学的台湾学生为其作挽联

四镇多二心,两岛屯师,敢向东南争半壁
诸王无寸土,一隅抗志,方知海外有孤忠
　　　　　　　　　　　　　康熙帝挽民族英雄郑成功联

生不害世,死不累人,雄心无愧,吾亦可去
志在救国,举在济众,伟业未成,我应重来
　　　　　　　　　　　　　　　烈士陈法轼自挽联

为革命而奋斗,为革命而牺牲,死固无恨
在压迫下生活,在压迫下呻吟,生者何堪
　　　　　　　　　　　　　　北京人民挽李大钊联

君死何辜,忍看魔鬼家庭,凶得张牙舞爪
我生有责,愿把吃人礼数,打个落花流水
　　　　　　　　　　　　　　　某人挽杨开慧联

洪以甲子灭,公以乙丑殂,六十年间成败异
生袭中山称,死傍孝陵葬,一匡天下古今同
　　　　　　　　　　　　　　　章太炎挽孙中山联

师事近三十年,薪尽人转,筑室忝为门生长
威名震九万里,内安外攘,旷代难逢天下才
　　　　　　　　　　　　　　　李鸿章挽曾国藩联

文章满纸,满纸丹心,丹心遭厄,奇冤绝今古
风雷同舟,同舟聆教,聆教难忘,心花慰英灵
　　　　　　　　　　　　　　　《前线》挽吴晗联

挽 联

赤面秉赤心,骑赤兔追风,驰驱时,无忘赤帝
青灯观青史,仗青龙偃月,隐微处,不愧青天

某人挽关羽联

君本南国鹏翮,青云直上,患难相逢结知己
妾乃北地胭脂,红颜命薄,乱世姻缘成一梦

小凤仙挽蔡锷联

众志成城,宵小空怀恶意
江山作墓,人民永伴忠魂

建丰功,创伟业,名垂千古
顶狂风,战恶浪,气贯长虹

祖国江河滔滔评千秋功罪
神州大地漫漫论万代英豪

志壮山河,四海悲悼天地泣
殊功盖世,五洲痛惜宇宙哀

野心家祸国殃民,生不如死
革命家赤胆忠心,虽死犹生

总理形象伟大,同山河共在
总理精神不朽,与日月争辉

五岳山林呜咽,忠魂骨犹在
四海江湖挥泪,英灵灰未沉

心血操尽,革命伟业如巍巍泰山立寰宇
骨灰撒遍,祖国江河似点点春雨润人间

挽 联

灰撒江河，看不尽波涛，涓滴都是人民泪
志华日月，信无际光焰，浩气长贯神州天

巨星陨落，福州内外赞光明正大，痛悼英烈
挥泪操戈，举国上下恨阴谋诡计，怒斥妖魔

念总理为人民掏肝胆，挥戈驱魔，立不朽功绩
看后代继遗志敬忠魂，拔剑斩妖，承千秋辉煌

跟主席建党建军，创建新中国，功绩不可磨灭
信马列反帝反修，冲击旧世界，形象永志心间

以上为各界群众挽周总理联

谷风如诉旧愁来，蜀道秦川，过客重谈杨氏女
墓粉还将秋色补，雨尘云梦，伤心何似汉唐陵

陕西杨贵妃墓联

铜雀锁春风，可怜歌舞楼台，千古不传奸相家
杜鹃啼落月，难为英雄夫婿，三更犹吊美人魂

岳阳小乔（周瑜妻子）墓联

为民族解放，为阶级翻身，事业垂成，公胡遽死
有云水襟怀，有松柏气节，典型顿失，人尽含悲

毛泽东挽续范亭联

英雄做事无他，只坚忍一心，能成世界能成我
自古成功有几，正疮痍满目，半哭苍生半哭公

杨度挽孙中山联

乌云迷漫惊奇案，唯罪唯功，青史无情得公论
彩翰飞奔警世情，任劳任怨，黄泉闻报慰英魂

肖克、塞先佛挽邓拓联

挽联

作白话文，传白话神，令普天下读者如亲謦欬
为青年师，向青年学，愿吾辈中处士共守仪型

郭绍虞挽朱自清联

公谊不妨私，平生政见分歧，肝胆至今推挚友
一身能敌万，可惜霸才无命，死生从古困英雄

杨度挽黄兴联

白色恐怖赣水寒，壮士成仁，一片丹心垂青史
红光闪耀江上秀，匪首正法，万民称快慰忠魂

江西工人领袖陈赞被害，26年后凶手被逮捕归案，此为宣判大会上对联

生不逢辰，死不逢时，念廿年沉冤方雪，何竟遽去
舍得拼命，写得出色，三十载鞠躬尽瘁，启迪后人

某人挽方之联

撒手又何悲，数十年贫病交加，纵卧留君生亦苦
残躯何足惜，八千里翁姑未殡，因君累我死犹难

清朝某候补的小官长期不得录用，后来去世，其妻作挽联

秦岭巍峨，悼先烈舍身成仁，光耀西北，永垂不朽
黄河怒吼，看三军气冲霄汉，直捣长安，胡贼难逃

某人挽杜斌丞（民主革命家）联

二十年往事云遥，记曩日师生，恍见双鬟来问字
廿七日同声追悼，看当时首领，何堪万口共招魂

刘和珍为反对段祺瑞政府遇难，其启蒙老师作挽联

坚持马列，光明磊落，忘我工作，对祖国无限忠诚
刻苦钻研，才华横溢，不计名利，为四化鞠躬尽瘁

某人挽光学专家蒋筑英联

殉社稷在江北孤城，剩水残山，尚留得风中劲草
葬衣冠有华南抔土，冰心铁骨，好伴取岭上梅花

扬州史可法墓联

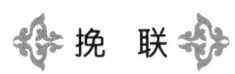 挽　联

一抔土尚巍然，问它铜雀荒台，何处寻漳河疑冢
三足鼎立安在，剩此石麟古道，令人想汉代官仪

刘备墓联

六载固金汤，问何人忽毁长城，孤注空教躬尽瘁
双忠同坎壈，闻异类亦钦伟节，归魂相送面如生

　　林则徐挽关天培联。何人：指琦善；双忠：指关天培和麦延章，关天培入殓面色如生

同命二十载，坎坷缘探求，勇敢推方之，孟志冠我俦
蜡炬烧将近，春蚕吐正稠，何期永世别，觅君天尽头

方之的夫人挽方之联

进退上下，式跃在渊，以师长责言，匡复深心姑屈己
恢诡谲怪，道通为一，逮枭继僭制，共和再造赖斯人

章太炎挽梁启超联

外侮需人御，将军赋采薇，师称机械化，勇夺虎罴威
浴血东瓜守，驱倭棠吉归，汤沙竟殒命，壮志也无违

毛泽东挽戴安澜（抗日名将）联

一哭尔琢，二哭尔琢，尔琢今已矣，留却重任谁承受
生为阶级，死为阶级，阶级后如何，得到胜利始方休

毛泽东挽王尔琢（工农革命军师参谋长，被叛徒杀害）联

登百尺楼，看大好河山，天若有情，应识四方思猛士
留一抔土，以争光日月，人谁不死，独将千古让先生

黄兴挽徐锡麟联

昔年挽孙公，昔日悼孙媪，中外八方同，纪录荣哀好
媪名泰岱高，媪志日星洁，不失赤子心，永葆儿童心

曾为孙中山题联的九旬老人挽宋庆龄联

两卷新诗，廿年旧友，相逢同在天涯，只为佳人难再得
一声河满，九点齐烟，化鹤重归华表，应愁高处不胜寒
郁达夫挽徐志摩联

死了倒也罢了，若不想到二位有老母倚闾，亲朋盼信
活着又怎么着，无非多经几番的枪声惊耳，弹雨淋头
周作人挽刘和珍、杨德群两位北师大女学生联

雷电、钢铁、风暴、夜歌，传出九窍丹心，晚春蚕老丝难尽
党业、民功、讲坛、艺苑，染成三千白发，孺子牛亡汗未消
某人挽金山（作家）联

常恨随陆无武，绛灌无文，纵九等论交到古人，此才不易
试问夷惠谁贤，彭殇谁寿，只十载同盟有今日，后死何堪

孙中山挽黄兴联。随陆：指刘邦的谋臣随何、陆贾。绛灌：指刘邦的武将绛侯周勃、灌婴。夷：指商朝的伯夷。惠：指鲁国大夫柳下惠。彭：指彭祖

先生为有道后身，衡门潜隐，克享遐龄，明德通玄超注古
哲嗣乃文坛宗匠，戎幕奋飞，共驱日寇，丰功勒石励来兹
毛泽东挽郭沫若父亲联

以汤武之征诛，行尧舜之揖让，绝后空前，大丈夫当如是也
本三民之主义，行五权之宪章，继志述业，余小子何敢让焉
李维汉挽孙中山联

万里蓝天鹏翼，直上扶摇，别来绝代佳人，萍水姻缘成一梦
几年北地胭脂，自伤零落，赢得英雄夫婿，桃花颜色亦千秋
某人挽小凤仙联

地望尊李杜，怨飒飒寒风，吹落长庚，空叫南国相思伤楚引
天意悯阮嵇，化濛濛春雨，雪涌遗恨，忍听北儒击筑慨燕歌
戏曲界前辈舒野挽田汉联

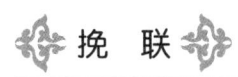

居恒执掌论英雄，成功不喜，事败勿忧，横览九州，公真健者
乡国惊心数人物，湘绮先亡，松坡后死，抗怀千古，各有生平
杨度再挽黄兴联

六四岁身首分离，是奇害、奇冤、奇诬、奇诈，只有向阎王一诉
百余里灵魂归去，愿我妻、我子、我媳、我孙，都要报戴天之仇
1923年，湖南衡山县岳北农工会总代表年逾六旬的李芋邕被杀前自挽联

抱松乔习性，守金石行操，峥嵘九七春秋，不愧劳动人民本色
抒稻黍风情，写鱼虫生趣，灼烁新鲜时代，平添和平事业光辉
中国美术家协会挽齐白石联

毕生为党业操劳，德重功高，惨遭帮祸殒身，十载沉冤千古恨
此日得全城凭吊，情悲意切，喜看昭雪平反，一盒忠骨万年春
某人悼北京市原市委书记刘仁（"文化大革命"时遭迫害）联

广州暴动不死，平江暴动不死，如今竟牺牲，堪恨大祸从天降
革命战争有功，游击战争有功，毕生何奋勇，好教后世继君来
毛泽东挽黄公略联

为地方兴教养诸业，继起有人，岂惟孝子慈孙，尤属望南通后进
以文学名光宣两朝，日记犹在，用裨证文考献，当不让常熟遗篇
蔡元培挽张謇联
注：张謇是江苏南通人，翁同龢是江苏常熟人，两人均为光绪帝的老师。

爱和平有罪，要民主有罪，争自由有罪，见他妈鬼，那狗屁宪法
打内战可以，买国家可以，杀青年可以，滚你娘蛋，这无耻政府
杭州学界挽浙江大学学生会主席于子三联

要打叭儿落水狗，临死也不宽恕，懂得进退攻守，岂仅文坛闯将
莫作空头文学家，一生最恨帮闲，敢于嘻笑怒骂，不愧思想权威
陈毅挽鲁迅联

挽联

残山剩水度中秋，凭吊文豪，百感苍茫，无非是孤愤韩非，离骚屈子
棘地荆天怀蜀史，低回往事，神州破碎，写不尽宫中黄皓，座上谯周
某人挽邹韬奋联

诗书画刻，共遵名家，更难得亮节高风，薄石同钦，期颐荣获和平奖
慈爱国劳，永垂典范，最伤心春晖隐明，亲恩未报，朝夕徒兴风本悲
家人挽齐白石联

国共合作的基础如何？孙先生云：共产主义是三民主义的好朋友
抗日胜利的原因安在？国人皆曰：侵略阵线是和平阵线的死对头
毛泽东挽孙中山（纪念孙中山先生逝世13周年）联

廿载革命从征，转战大江南北，剑锋所向，无敌不摧，元戎勋业垂青史
一叶江南奇冤，铁窗生涯五载，大节所在，威武不屈，典型示范镇金军
贺炳炎挽叶挺联

教书三十年，一面教一面学，向时代学，向青年学，生能如斯，君诚健者
生存五一载，愈艰苦愈奋斗，与丑恶斗，与暴力斗，死而后已，我哭斯人
许德珩挽朱自清联

爱国者无辜受戮，窃国者法外逍遥，面对残暴措施，谁忍不冲冠怒发
已死的播下种子，未死的努力耕耘，肩负艰难任务，个个都咬紧牙关
某大学挽"五四运动"先烈联

不尽波涛荡泥垢，公报重慰英灵，十余载奇辱沉冤，今日昭雪，挥泪祭奠
一腔热血荐轩辕，堪为华夏人杰，五十年丰功伟绩，永垂青史，有口皆碑
北京师范学院学生挽刘少奇联

一片血模糊，辨不出哪是父亲，哪是女儿，父女共捐躯，剩有管弦传革命
连年战坚苦，端只为救我国家，救我民族，国民齐努力，誓死抗战慰忠魂
郭沫若挽张曙（中国作曲家）联

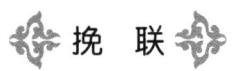

殷干酷刑，宋岳枉戮，臣本无恨，君亦何尤，当效正学先生，启口问成王安在

汉室党锢，晋代清谈，振古如斯，于今为烈，恰如子胥相国，悬睛看越寇飞来

康有为挽戊戌变法六君子联

鸟尽弓藏，讵可谈将兵多多益善，犹想见谁上风光，恩施漂母，仁施漂母

兔死狗烹，岂用赞为国士士无双，只落得未央剑影，成也萧何，败也萧何

韩信墓联

生无补乎时，死无关乎数，辛辛苦苦著二百五十余卷书，流播四方，是亦足矣

仰不愧于天，俯不怍于人，浩浩荡荡数半生三十多年事，放怀一笑，吾其归欤

俞曲园（晚清学者，章太炎的老师）自挽联

无言不肺腑，无意不漆胶，忆年来相与迕返，古旧未尝忘，自怜老朽才疏，偏蒙师事

所有者兵戎，所忧者饥馑，念尔日殊多抑郁，承平今已睹，好持贤良家祭，再告翁知

江苏江都举人严绍曾（光绪皇帝老师）挽郑小西（金石家中医师）联

卅四年短缘泡幻，散花示疾，撒手弥留，吊影叹吾衰，哪堪月冷房空，娇女娇儿犹觅母

十三载侍我京朝，谏草成囊，累卿收拾，俸钱今少裕，谁料人亡琴在，营斋营奠转伤神

扬州太守何金寿挽妾联

昔时未读五车书，雅量清心，温如玉，冷如冰，是大将实是大儒，使天下讲道论文人愧死

此日竟成千秋业，忠肝义胆，重于山，坚于石，忘吾身不忘吾主，任世间寡廉鲜耻辈偷生

上海吴淞群众挽陈化成（鸦片战争时期保卫吴淞，英勇牺牲殉国）联

挽联

痛不哭，苦不哭，屈辱不哭，今年诚何年，四个月前流过两行泪痕，又谁料，这番重为先生湿

言可传，行可传，牙眼可传，斯老真大老，三十载来打出一条血路，待吟哦，此责端赖后死肩

唐弢挽鲁迅联

十余年受苦奔波，秉春秋笔，执教士鞭，仗剑从军，矢志为党，有志未能伸，此生空热心中血

一家人悲伤哭泣，求父母恕，劝兄弟忍，温语慰妻，负荷属子，含冤终可白，再世当为天下雄

熊亨瀚烈士1928年被捕牺牲前自挽联

仗剑从云，作干城，忠心不易，军声在淮海，遗爱在江南，万庶尽衔哀，回望大好山河，永离赤县

挥戈挽日，接樽俎，豪气犹存，无愧于平生，有功于天下，九泉应含笑，伫看重新世界，遍树红旗

张伯驹挽陈毅联

三十年科举沉迷，自从知罪悔改以来，革过命，无党勋，做过官，无政绩，留过学，无文凭，才力总后人，唯一事工，尽瘁岭南而死

两半球舟车习惯，但以任务完成为乐，不私财，有日用，不养子，有徒众，不求名，有记述，灵魂乃真我，几多磨炼，荣归基督永生

近代教育家荣光先自挽联

大通讲学，光复联盟，按剑说同仇，不图三十三龄弱女子，成仁取义，腥血先埋，抱沉痛四年余，竟英灵旋转乾坤，试想贵福奸奴，而今安在

春社留题，西泠感旧，拈花谈慧果，长作六月六日新纪念，崇德报功，丰碑重树，垂令名千载后，便普党眷怀风雨，当并伯荪诸烈，终古难忘

革命党人朱瑞挽秋瑾联

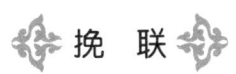挽　联

　　甲也为先生友,乙也为先生敌,丙也与先生叛离,丁也得先生亲信,三三两两幸得大会齐临,试俯首扪心,亦曾愧对先生否

　　成则受国人欢,败则受国人骂,生则遭国人猜忌,死则令国人悲哀,是是非非直到盖棺论定,愿从头细想,果何辜负国人乎

某人挽黄兴联

　　亚雨欧风,痛鸦片,恨联军,气甲午,愤马关,国事日蹙,每况愈下,清廷腐败无能,根基动荡,大厦将倾,唤醒国民,挽狂澜于既倒,作砥柱于中流,仁人意趣,气壮斗牛,出污泥而不染

　　披星戴月,去美洲,渡重洋,趋星岛,赴扶桑,民族存亡,如水亦深,革命艰难曲折,斗志弥坚,壮怀激烈,追随领袖,积失败之经验,求成功之转机,慈母胸襟,星辉河汉,历冰雪以长青

王也六挽宋庆龄联

　　五十岁崎岖世路,献身革命,尽瘁斯民,海内瀛寰,同钦气节,两次从征凡七载。流亡异域,苦经十度春秋,反动阴谋空画饼,纵几次羁囚,壮怀尤烈。方期延水堤边,宏抒国是。天丧巨才无可赎,旷古艰难遗后死

　　二十年忧患旧交,同学苏京,并肩北伐,南昌广州,共举义旗,一朝分手隔重洋。抗日军兴,血战大江南北,茂林惨变痛陷身,喜今番出狱,久别重逢。孰意黑茶山上,飞殒长星。我哭故人成永诀,普天涕泪失英雄

聂荣臻挽叶挺联

广东是现代思潮汇注之区，自明季迄于今兹，汉种孑遗，外邦通市，乃至太平崛起，类皆孕育萌兴于斯乡，先生挺立其间，砥柱于革命中流，启后承先，涤新淘旧，扬民族大义，决将再造乾坤，四十余年，殚心瘁力，誓以青天白日，满地红旗，唤起自由独立之精神，要为人间留正气

中华为世界列强竞争所在，由泰西以至日本，政治掠取，经济侵凌，甚至共管阴谋，争思奴隶牛马尔家国，吾党适丁此会，丧失我建国山斗，云凄海咽，地黯天愁，问继起何人，毅然重整旗鼓，亿兆有众，惟工与农，须本三民五权，群策群力，遵依牺牲奋斗诸遗训，成厥大业慰英灵

李大钊挽孙中山联

名人对联

色难
容易
    解缙联

马齿苋
鸡冠花
  法式善(下联)与先生(上联)对

独脚兽
比目鱼
  鲁迅(下联)对老师寿镜吾(上联)

孙行者
祖冲之(或"胡适之")
  清华大学国文楼题联,陈寅恪作

以父作马
望子成龙
  林则徐(下联)巧对主考官(上联)

二三四五
六七八九
  吕蒙正联。上联缺一(衣);下联缺十(食),谐音

王戎李核
童贯梅仁
  王戎:西晋奇官。李:理,小理。核:核算。童贯:北宋宦官。梅:谐音"没",梅仁,没仁。后人作联

民国万税
天下太平
  成都人刘师亮讽刺国民党政府作联

老欲依僧
急则抱佛
  王安石(上联)与客人(下联)对

黄金针菜
碧玉簪花

 名人对联

朋友之交
淡泊如水
　　　　曹雪芹联

荷叶鱼儿伞
棉花虱子窝
　　　　杜甫联

求通民情
愿闻己过
　　　林则徐出任江苏廉访使联

白眼观天下
丹心报国家
　　　　宋教仁联

莺啼北里
燕语南邻
　　　王羲之（乔迁之喜写此联）

铁肩担道义
妙手著文章
　　　　李大钊赠杨子惠联

儋州立业
宝岛生根
　　周恩来题儋县热带作物研究院联

笔落惊风雨
诗成泣鬼神
　　　　杜甫赞李白联

烹天子父
为圣人师
　　　　李调元联

半夜三更半
中秋八月中
　　清初文学批评家金圣叹到寺庙去，庙主出上联，后来金圣叹八月中秋节这天被杀时才对出下联

深山隐高士
盛世期新民
　　　刘少奇赠名医盛多贤联

杯中含太极
腹内孕乾坤
　　清朝魏源九岁参加童子试，县官指着茶杯上的太极图要他作联，魏源写出此联

灵石一千石
天花百亿花
　　　　康有为自题书室联

五品天青褂
六味地黄丸
　　清朝苏州人陈见三开药店买五品官

老拳搏古道
稚口嚼新书
　　　　金圣叹联

名人对联

三绝诗书画
一官归去来
　　郑板桥(上联)对好友李啸村(下联)

一扇千须动
三梳万发通
　　　　胡宗宪联

博爱从吾好
宜春有此家
　　孙中山为梅县"爱春楼"题嵌字联

烟锁池塘柳
炮堆镇海楼
　　乾隆(上联)与后人(下联)对

一阵风雷雨
四德元亨利
　　苏东坡(下联)巧对巡学(上联)

三光日月星
四诗风雅颂
　　苏东坡(下联)对辽使(上联)

叶磨千口剑
干笙万条枪
　　诗人王琪见青丛丛竹而作联

三强韩赵魏
九章勾股弦
1953年,中国科学院组织出国考察团,科学家钱三强任团长,团员有华罗庚、赵九章等人,因作此联

林间两蝶斗
水上一鸥游
　　乾隆(上联)与纪晓岚(下联)对

生当作人杰
死亦为鬼雄
　　　　李清照联

不明才主弃
多故病人疏
　　　　纪晓岚为庸医作联

閒(闲)看門(门)中月
思耕心上田
　清朝人史致严(下联)对县令(上联),拆字"門""思"

细雨肩头滴
青云足下生
　　邱濬(下联)巧对老师(上联)

文章移造化
忠孝作良图
　　　　王羲之联

新年纳余庆
嘉节号长春
　　　　后蜀主孟昶联

海为龙世界
天是鹤家乡
　　齐白石赠毛主席

中华对联集锦

一一三

 名人对联

但取心中正
无愁眼下迟
    王禹偁以磨作联

（发奋）识遍天下字
（立志）读尽人间书
  苏东坡作，前括号内所加之字为戒自己狂妄

不屈为至贵
最富是清贫
    吴祖光联

因荷（何）而得藕（偶）
有杏（幸）不须梅（媒）
  程敏政（下联）巧对宰相李贤（上联）

白眼观天下
丹心报国家
   宋教仁生前作此联明志

天漫人华风趣
地大物博妙心
    石鲁赠漫画家华君武

清操厉冰雪
赤手捕长蛇
  邓中夏在北京大学读书时作此联咏志

鹊报援朝胜利
花贻抗美英雄
    周总理为何香凝画作联

起病六君子
送命二陈汤
  "六君子"指杨度、刘师培等筹安会员，他们拥立袁世凯做皇帝事；"二陈汤"指袁世凯的亲信陈树藩、陈宦

门对千竿竹短
家藏万卷书长
      解缙联

严父肩挑日月
慈母手转乾坤
   解缙（下联）对曹尚书（上联）

孔子生舟（周）末
光舞（武）起汉中
  林则徐（下联）与渔翁（上联）对。周末：西周末年；孔子：渔翁指船尾插舵的小孔

君恩深似海矣
臣节重如山乎
  原联为"君恩深似海，臣节重如山"，作者为明朝洪承畴，后来叛变，时人加"矣""乎"予以嘲讽

莲（怜）子心中苦
梨（离）儿腹内酸
    金圣叹临刑联

洒几点普通泪
死两个特别人

 名人对联

闹几个虚字眼
罚三十大银元
　　刘诗亮在光绪、慈禧太后去世后作上述二联

有理尽管胆大
无私何妨心雄
　　　　烈士曾延生创办"觉群社"书联

此地安能居住
其人好不悲伤
　　明朝祝枝山讽刺某富豪家，断句位置不同，语意不一样

龙呵气而成云
蚕吐丝以自缚
　　清朝黄遵宪（下联）巧对吸鸦片的祖父（上联）

联苑平添新叶
艺坛喜放奇葩
　　　　　　书法家武中奇联

小子牵牛入户
状元打马还乡
　　清代陶澍小时候替东家放牛，东家出上联，陶澍对下联

望崦嵫而勿迫
恐鹈鸠之先鸣
　　　　鲁迅集《离骚》句成联

坐，请坐，请上坐
茶，敬茶，敬香茶
　　　　　苏东坡写给和尚联

不费红军三分力
打垮江西两只羊
　　1928年，国民党赣军杨如轩、杨池生部队进犯井冈山革命根据地，被我军击败。朱德于当年6月作此联

安危他日终须仗
甘苦来时要共尝
　　孙中山赠黄兴联。"二次革命"失败后，孙中山、黄兴等再次流亡日本，黄兴因要去美国养病，行前他宴请孙中山叙别，孙中山集杜句为联相赠

聊与古人谈古月
头为直士抗横流
　　1927年中秋，关押在广西南宁监狱里的两名革命战士分别作上、下联

松间明月长如此
身外浮云何足论
　　抗日民族英雄吉鸿昌引宋之问和白居易诗文作联

江州司马青衫湿
梨园子弟白发新
　　　　　　王安石与蔡天启联对

拂石闲坐夜露冷
踏花归来马蹄香
　　　　　　　　苏东坡联

中华对联集锦

一一五

名人对联

水流石边泠泠淌
风拂花间冉冉香
　　　　　苏辙联

嫩寒锁梦因春冷
芳气袭人是酒香
　　　　　秦少游联

啼月杜鹃喉舌冷
眠花蝴蝶梦魂香
　　　　　佛印和尚联

小童生暗藏春色
老宗师明察秋毫
　　欧阳修(上联)与一童生(下联)对

万里春风抒壮志
百年美梦入长征
　　　　　姚雪垠联

秋水为神玉为骨
词源如海笔如椽
　　　　　黄兴赠汤增璧联

但得夕阳无限好
何须惆怅近黄昏
　　　　　朱自清联

汲来江水煮新茗
买尽青山留画屏

饱暖富豪讲风雅
饥馑画人爱银钱
　　上两联是郑板桥所作，第二联嘲讽盐商

奇松诡石天然净
涧草山花自在香
　　　　　乾隆联

斗酒纵观廿四史
炉香静对十三经
　　　　　史可法联

清风有意难留我
明月无心自照人
　　　　　王夫之联

诸葛大名垂宇宙
元戎小队出郊坰
　　　　　岳飞联

国朝谋略无双士
翰苑文章第一家
　　　　　朱元璋赠陶安联

险夷不变应尝胆
道义争担敢息肩
　　　　　周恩来联

万里江山绕郭古
六朝山色送春来
　　　　　黄养辉联

名人对联

笔直一条方便路
大开两扇慈悲门
　　　　　　吴鳌联

风吹柳叶千枝动
雨打池塘万点波
　　　　　　乾隆联

风吹柳叶枝枝动
雨打池塘点点波
　　　　吴鳌将上面乾隆联作了改动

四面云山谁是主
一头雾水不知踪
　　　　　　何淡如联

万顷湖平长似镜
四时月好最宜秋
　　　　　石治棠描绘平湖联

那者那移那里杏
从者从容从此走
　　　　　　纪晓岚联

能受苦方为志士
肯吃苦不是痴人

下大雨麦子管种
夏大禹墨子管仲
此联嵌三个人名：大禹、墨子、管仲。某人联

旱高地田禾必干
汉高帝田横比干
此联嵌三个人名：汉高帝刘邦、田横、比干。某人联

与我意见常相左
问尔经济有何曾
　　　　左宗棠（下联）与曾国藩（上联）对

父在外，肩担日月
母居家，手转乾坤
　　　　　　　解缙联

每闻善事心先喜
得见奇书手自抄
　　　　　　　祝枝山联

有关家国书常读
无益身心事莫为
　　　　　　教育家徐特立联

韬略终须绘新图
奋起还得读良书
　　　　　　　郭沫若联

福禄重重增福禄
恩光辈辈受恩光
　　　　　　　溥仪联

搔痒不着赞何益
入木三分骂亦精
　　　　　　　郑板桥联

兴酣落笔摇五岳
诗成啸傲凌沧州
　　　　杜甫赞李白联

不为列强之奴仆
誓做中华之主人
　　　　何殿甲赞颂周恩来

暂借荆山栖彩凤
聊得紫水活蛟龙
　　　　冯云山联

苟利国家生死以
敢因祸福避趋之
　　　　林则徐充军伊梨途中作诗，诗中一联

山光扑面经宵雨
江水回头欲晚潮
　　　　郑板桥(上联)游江苏镇江焦山与友人(下联)对

沽酒欲来风已醉
卖花人去路还香
　　　　乾隆到江南一酒馆出上联，一卖花姑娘对下联

今朝同上凤凰台
他年独占麒麟阁
　　　　于谦与叔父同游凤凰台，叔父出上联，于谦对下联

注述六家胸有甲
立功万里胆包身

韩国钧(江苏省进步人士)赠陈毅元帅联

风送花香红满地
雨滋春树碧连天

风吹马尾千条线
雨洒羊毛一片毡
日晒龙鳞万点金
　　　　朱元璋出上联，太子、燕王各对一条下联

岂为行吟来楚泽
不将风雅薄时贤
　　　　广东中山大学商承祚教授喜书法，具有周秦风致，某人作联

此地之凤毛麟角
其人如仙露明珠
　　　　蔡锷题联给小凤仙，嵌入"凤仙"两字

此木为柴山山出
因火成烟夕夕多
　　　　拆字联，"柴"为"此木"，"烟"为"火因"，友人(上联)对清朝翰林刘尔炘(下联)

画上荷花和尚画
书临汉帖翰林书
　　　　一和尚(上联)与一翰林(下联)对

春风放胆来梳柳
夜雨瞒人去润花
　　　　郑板桥联

名人对联

双手劈开生死路
一刀割断是非根
     朱元璋作联给阉猪者

妙人儿倪家少女
搞长弓张府高才
 华罗庚到合肥讲学，遇见服务员小倪，作此联。拆字联"少女"为"妙"，"人儿"合为"倪"，姓张的医生在场

无可奈何花落去
似曾相识燕归来
     晏殊（上联）与王琪（下联）对

一条大路通南北
两边小店卖东西
       清朝诗人宋湘联

绣阁团圆同望月
香闺静好对弹琴
 清朝天津太守牛稔文娶妇，纪晓岚与之为表兄弟，作联贺

贾岛醉来非假倒
刘伶饮尽不留零
 友人出上联，唐伯虎对下联。谐音"假倒"同"贾岛"，"刘伶"同"留零"

阿兄门外邀双月
小妹窗前捉半风
    苏小妹（上联）与苏东坡（下联）对

福无双至今朝至
祸不单行昨夜行
        王羲之联

早去一天天有眼
再留此地地无皮
      某人讽刺清朝的官吏

之字路偏要你走
洞中怪且奈我何
 嵌字联，一书生骂张之洞出上联，张之洞续不出下联，学生续下联

杨三已死无苏丑
李二先生是汉奸
 扬州苏昆名丑杨鸣玉（又名杨三）谴责李鸿章，后人作此联

鼠因粮绝潜踪去
犬为家贫放胆眠
       徐英为屠夫作联

自古未闻粪有税
而今只剩屁无捐
         郭沫若联

母鸭无鞋空洗脚
公鸡有髻不梳头
       林则徐（下联）对友人

踢破磊桥三块石
剪开出字两重山
  李调元（下联）对童子堆石阻路（上联）

名人对联

急水推沙粗在后
风车放谷细先行
　　　　宋湘(下联)对门吏(上联)

细羽家禽砖后死
粗毛野兽石先生
　　　　纪晓岚(下联)对老师(上联)

稻草扎秧父抱子
篾篮提笋母怀儿
　　　　熊廷弼(下联)对友人(上联)

谁识犬能欺得虎
焉知鱼不化为龙
　　　　邱濬(下联)巧对父亲(上联)

泼墨为山皆有意
看云出岫本无心
　　　　　　　陶绍原联

水底日为天上日
眼中人是面前人
　　　　杨大年(下联)对寇准(上联)

千年老树为衣架
万里长江作浴盆
　　　　解缙(下联)与父亲(上联)戏对

读书心细丝抽茧
练句功深石补天
　　　　　现代文学家柯灵书房联

鹦鹉能言难似凤
蜘蛛虽巧不如蚕
　　　　　　　王禹偁联

衡门稚子璠玙器
翰苑仙人锦绣肠
　　孙仲益(下联)巧对苏东坡(上联)(潘玙：宝石)

史鉴流传真可法
洪恩未报反成仇
　　明朝洪承畴的学生在洪承畴过六十岁时作

木马两头三只脚
石龙独珠半边身
　　白居易联。石龙：石柱上的龙；木马：木匠用的三角脚

山中落日沈于涧
楼上看花都见心
　　沈于涧(上联)与都见心(下联)是朋友，戏对

无山得似巫山好
何叶能如荷叶圆
何水能如河水清
　　苏东坡(上联)与和尚了元(下两联)对

池中荷叶鱼儿伞
梁上蛛丝燕子帘
被里棉花虱子窠
　　明代祝枝山出上联，友人、乞丐各对一条下联

柴重人轻，轻担重
路长脚短，短量长
　　　　宋湘(下联)对酒店(上联)

 名人对联

费国民血汗已几亿
集天下混蛋于一堂
　　1948年,许寿裳先生被害于台北,四川乔大壮作联

晓岚确是神行太保
云楣不过圣手书生
　　　　纪晓岚(下联)与彭元瑞(上联)对

少林豪杰横眉前领
中日友好前程似锦
　　廖承志书赠日本少林拳法访华代表团联

吃墨看茶听香读画
吞风卧露喝月担云
　　　　　　　　郑板桥联

披发缨冠众志成城
唇亡齿寒辅车相依
　　　　　　　　刘少奇联

大海有真能容之度
明月以不常满为心
　　　　　　　　郭沫若联

帝女合欢,水仙含笑
牵牛迎辇,翠雀凌霄
　　广州七月初七"乞巧节",某人用八个花名作联

升官发财,莫走斯路
贪生怕死,请入别门
　　　　　　　　黄埔军校门联

韩愈送穷,刘伶醉酒
江淹作赋,王粲登楼
　　潮州"韩江酒楼"联。刘伶:竹林七贤之一;江淹:南朝文学家

海纳百川,有容乃大
壁立千仞,无欲则刚
　　　　　林则徐出任两广总督时联

剪纸斗彩,秋色迷人
作字题诗,春风满座
　　1962年,茅盾(上联)参观佛山民间艺术研究社与郭沫若(下联)对

辛勤奉献谋万家福祉
俯首耕耘筑百姓乐园
　　　　　　　　左都建为牛而作联

万里长征犹记泸关险
三军远戍严防帝国侵
　　　　　　朱德为建铁索桥题联

坚韧卓绝为吾人本色
奋斗牺牲是我辈精神
　　中国共产党早期农民运动领袖阮啸仙联

宠宰宿寒家,穷窗寂寞
客官寓宦官,富室宽容
　　明朝宰相叶向高(上联)对新科状元翁正春(下联)

名人对联

人曾是僧，人弗能成佛
女卑为婢，女又可称奴
　　苏小妹(上联)与佛印(下联)对，拆字联

四金刚捧日，确是可杀
众商行罢市，尤须坚持
　　磁业公会门前对联。四金刚：指段祺瑞、陆宗舆、章宗祥、曹汝霖四人

池中莲苞攥红拳，打谁？
岸上麻叶伸绿掌，要啥？
　　　　纪晓岚(下联)与乾隆(上联)对

祖国语言本是单音一义
文人运用自生骈体丽辞
　　　　　　　　　　吴白匋联

问客何来，想是仙风吹到
留君不住，须当明月照归
　　1924年，秋收起义总指挥卢德铭不顾家人反对，毅然离家，考入黄埔军校，并在北伐战争中屡立战功，1927年在江西萍乡芦溪壮烈牺牲。此联是他离家前亲笔书于自家门上的对联

一行朔雁，避风雨而南来
万古阳鸟，破烟云而东出
　　　　陈耤(下联)巧对朱熹(上联)

竹本无心，遇节岂能空过
松原有籽，过时尽是干包
　　　　郭沫若(下联)对老师(上联)

鲈鱼四腮，独占松江一席
螃蟹八爪，横行天下九州
　　　　一知府出上联，张之洞续联

一目不明，开口便成两片
廿头割断，此身应受八刀
　　拆字联，上联隐"鼎"，下联隐"芬"。清朝梁鼎芬敲诈勒索，有人作此联

花甲重逢，增加三七岁月
古稀双庆，更多一度春秋
　　乾隆帝设宴出上联，内有141岁老者，纪晓岚对下联

红白相兼，醉后便迷南北
青黄不接，贫来变卖东西
　　江苏无锡生产"红白酒"，两郡判调查饥荒时喝醉了酒，大宪要治罪(上联)，两人对了下联，免罪

宝塔尖尖，七层四面八方
玉手摇摇，五指三长两短
　　　　苏东坡(下联)巧对巡学(上联)

点滴须珍，天物岂能暴真
洁廉要奉，人心自具良知
　　　　　　　　　　袁裕陵联

寇公罢宴，明祖戒奢，见贤者以思齐，治家治国愿同理
淡泊养心，靡贪坠志，读箴言而警省，修德修身可立天
　　　　　　　　　　魏艳鸣联
　　以上五联均为2014年江苏省节俭养德全民节约行动优秀楹联

名人对联

福业告终,只有卢前马后
崇基已毁,何劳东捷西沾
　　卢前:指卢九德;马后:指马士英;东捷西沾:指一班奸臣。某人作联

夜浴鱼池,摇动满天星斗
早登麟阁,力挽三代乾坤
洪秀全联

虎贲三千,直扫幽燕之地
龙飞九五,重开尧舜之天
太平军定都南京后殿王府联

东王解冻,暖回旸谷之春
王泽敷天,普锡群黎之福
杨秀清府联

远望宝塔,八楞四方六面
近视手掌,五指三长两短
周渔璜联

学生含冤,定卜三年不雨
同胞受辱,可兆六月飞霜
　　此联用齐妇含冤和邹衍下狱典故声援"五四"运动被捕学生,某人作联

少作书生,未见升堂入室
老为庙祝,粗知扫地焚香
李贽联

夜浴银池,惊动满天星斗
早朝金阙,把持万里江山
　　塾师见严嵩洗澡出上联,严嵩对下联

不读书以超儒,士心皆冷
未通文而登选,人谓有钱
　　嵌字联,教谕冷超儒、钱登选靠贿赂得官,别人以其名作联

忍令上国衣冠,沦于夷狄
相率中原豪杰,还我河山
石达开起兵联

眼前一簇园林,谁家庄子
壁上几行文字,哪个汉字
　　明朝画家陈道复(上联)与唐伯虎(下联)对

客上天然居,居然天上客
人过大佛寺,寺佛大过人
僧游云隐寺,寺隐云游僧
　　回文联,乾隆出上联,纪晓岚对下联,后人又续一下联

青山原不老,为雪盖白头
绿水本无愁,因风吹皱面
邓中夏(下联)对父亲(上联)

闲门罢庆吊,高卧谢公卿
落花扫仍合,丛兰摘复生
　　上联为南朝文学家刘孝绰出,下联为其三妹刘会娴对

看守所,看守看守所主任
救济署,救济救济署职员
冯玉祥联

名人对联

骑青牛，过函谷，老子姓李
斩白蛇，入武关，高祖是刘

清朝李元度作联。《列仙传》记载："老子(李耳)西游，关令尹喜望见有紫气浮关，而老子果乘青牛而过也。"

读书好，耕田好，学好便好
创业难，守成难，知难不难
吴敬梓联

冻雨洒窗，东二点，西三点
切瓜分客，上七刀，下八刀
蒋焘(下联)对友人(上联)

父戊子、子戊子，父子戊子
师司徒、徒司徒，师徒司徒

乾隆年间戊子年，有父子同中进士，任司徒官。纪晓岚作联

顾司空，顾人情，不顾脸面
戴学士，戴关节，未戴眼镜

清朝主考顾司空与副主考戴学士狼狈为奸。有人作联

读书好，耕田好，学好便好
创业难，守成难，知难不难
吴敬梓联

雨打沙滩，沉一渚，陈一渚
风吹蜡烛，流半边，留半边

清诗人周渔璜游金山，一僧出上联，他对下联

穿冬衣戴夏帽，胡度(糊涂)春秋
生南方官北方，浑长(混帐)东西
某穷书生(下联)与生在北方到浙江做官的县令(上联)对

小村店三杯五盏没有东西
大明君一统万方不分南北
出自《洪武鞭侯》

荷败莲残，落叶归根成老藕
禾黄稻熟，吹糠见米现新粮

相传唐朝时读书人麦爱新见妻子年老色衰，想再纳新欢，妻子见了丈夫的上联，写了下联，麦爱新看后回心转意

此日盛游，同气仰为贤知列
异时文集，相期长在天地间
谭嗣同赠吴筱山联

花坞春晴，鸟韵奏成无孔笛
树庭日暮，蝉声弹出不弦琴
顾鼎成(下联)与老师(上联)对

柳线莺梭，织就江南三月锦
云笺雁字，传来塞北九秋书
顾鼎臣(下联)与父亲(上联)对

雏凤学飞，万里风云从此始
潜龙奋起，九天雷雨及时来
张居正(上联)与顾璘(下联)对

名人对联

松下围棋，松子每随棋子落
柳边垂钓，柳丝常伴钓丝悬
　　　　　苏东坡（上联）与黄庭坚（下联）对

十口心思，思家思民思社稷
寸身言谢，谢天谢地谢君子
　　　　　纪晓岚（下联）对乾隆（上联）

天近山头，到了山头天又远
月浮水面，撬开水面月还深
　　　　　李渔对慧远，游扬州蜀冈

枕耽典籍，与许多贤圣并头
扇写江山，有一统乾坤在手
　　　　　陶安（下联）对朱元璋（上联）

晚霞映水，渔人争唱《满江红》
朔雪飞空，农夫齐歌《普天乐》
　　　　　黄山谷（上联）对苏东坡（下联）

磨砺以须，天下有头皆可剃
及锋而试，世间妙手等闲看
　　　　　太平天国冯云山作联

鳝长鳅短，鲶大嘴，一串无鳞
龟硬鳖软，蟹细眼，三者有足
　　　　　渔翁（上联）对清朝张謇父亲（下联）

心在人民，原无论大事小事，利归天下，何必争多得少得
心在朝廷，原无论先主后主，名高天下，何必辨襄阳南阳
　　　　　胡耀邦题武侯祠

磨砺以须，问天下头颅几许
及锋而试，看老夫手段如何
　　　　　石达开联

炭黑盐归，黑白分明山水货
竹横麻竖，青黄交错软硬帘
　　　　　清朝高州府官戴虎（下联）凶悍，与卖柴者（上联）吵架，出此联

独岭孤山，一神像单刀匹马
隔河两岸，二渔翁双钓对竿
　　　　　清朝状元刘镒游望仙山出上联，一渔翁对下联

水部火灾，金司空大兴土木
北人南相，中书君什么东西
　　　　　清乾隆年间，京城工部衙失火，皇上命工部尚书金简召集民工重新建造，纪晓岚（下联）对某人（上联）

指挥烧纸，纸灰飞上指挥头
修撰进馐，馐馔饱充修撰腹
　　　　　李东阳看一武官指挥属下祭神作联

醉汉骑驴，步步颠头算酒账
艄公摇橹，深深作揖讨船钱
　　　　　苏东坡（上联）与秦少游（下联）对

晚霞映水，渔人争唱满江红
朔雪飞空，农夫齐歌普天乐
　　　　　苏东坡（上联）与黄庭坚（下联）对

国祚不长，八十多天袁皇帝
封疆何窄，两三条巷伪政权
　　　　　某人讽刺汪精卫

名人对联

墙上芦苇,头重脚轻根底浅
山间竹笋,嘴尖皮厚腹中空
　　　解缙作联嘲弄无实学的官吏

炒豆捻开,抛下一双金龟甲
甜瓜切破,分成两片玉玻璃
　　　唐伯虎(下联)对友人(上联)

雏凤学飞,万里风云从此始
潜龙奋起,九天雷雨及时来
　　　张居正(下联)对顾璘(上联)

雨过月明,顷刻呈来新境界
天昏云暗,须臾不见旧江山
　　　李自成(下联)对老师(上联)

柳线莺梭,织就江南三月景
云间雁字,传来塞北九秋书
　　　顾鼎臣(下联)对父亲(上联)

杨花乱落,眼花错认雪花飞
竹影涂摇,心影误疑云彩过
　　　文学家杨慎(下联)对友人(上联)

破虏平蛮,功贯古今人第一
出将入相,才兼文武世无双
　　　朱元璋赠徐达联

四口同圖(图),内口皆归外口管
五人共傘(伞),小人全仗大人遮
　　　杨溥(下联)巧对地方官(上联)

七里山塘,行到半塘三里半
九溪蛮洞,经过中洞五溪中
　　　王安石(上联)对苏东坡(下联)

此地有崇山峻岭,茂林修竹
何处无清风明月,瑶草琪花
　　　纪晓岚联

断案似水无冤狱,尽是假话
爱民如子效包拯,全为骗人
　　　某贪官作此联的前半部分,后半部分是别人加的

昨日偷桃钻狗洞,不知是谁
他年攀桂步蟾宫,必定有我
　　　郭沫若读私塾时,曾和同学一起偷庙里的桃子,老师知道后罚他们"对课",老师出上联,郭沫若对下联

天作棋盘星作子,日月争光
雷为战鼓电为旗,风云际会
　　　刘基(下联)对朱元璋(上联)

天作棋盘星作子,谁人敢下
地作琵琶路为弦,哪个能弹
　　　解缙父亲与友人下棋,友人出上联,解缙作下联

东风吹倒玉瓶梅,落花流水
朔雪压翻苍泾竹,带叶拖泥
　　　李东阳联

蒲叶桃叶葡萄叶,草本木本
梅花桂花玫瑰花,春香秋香
　　　解缙联。"葡萄"与"玫瑰"是连绵词

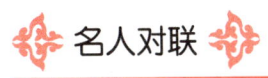 名人对联

四口兴工造器成，口多工少
二人抬木归来晚，人短木长
拆字联，"噐"同"器"，"来"同"来"。明朝吴文泰（上联）与好友（上联）对

驼背桃树倒开花，黄蜂仰采
瘦脚蓬蒿歪结子，白鹭斜视
　　　　　　张之洞（下联）对馆师（上联）

道童锅里煎茶，不知罐煮
（观主）
　　和尚墙头递酒，必定私沽
（师姑）
　　　　唐伯虎（上联）与陈道复（下联）对

珠海船如梭，横织波中锦绣
羊城塔似笔，倒书天上文章
清朝何淡如同友人同游珠江，友人出上联，何淡如对下联

王者命自天，谁敢化蛇当道
英雄居此地，何妨扪虱谈兵
　　　　　　太平天国将领陈金刚联

不嫌茅屋小，请君略坐片时
且喜华堂宽，留我何妨数日
　　　　　　主人（上联）对客人（下联）

有月即登台，无论春夏秋冬
是风皆入坐，不分南北东西
李渔（下联）对扬州桃花庵方丈慧远（上联）

山色壮金银，唯以不贪为宝
江流环铁石，居然众志成城
　　　　　　清朝一镇江知府联

孝若曾子参，只足当一字可
才如周公旦，容不得半点骄
　　　　　　明朝倪鸿宝联

走马灯，灯走马，灯熄马停步
飞虎旗，旗虎飞，旗卷虎藏身
　　　　　　王安石联

出水蛙儿，穿绿袄，美目盼兮
落汤虾子，着红袍，鞠躬如也
　　　　　　解缙见田中青蛙作联

心有三爱：奇书、骏马、佳山水
园栽四物：青松、翠竹、白梅兰
　　　　　　方志敏联

三尊大佛，坐佛、坐象、坐莲花
一介书生，攀凤、攀龙、攀桂子
　　　　　　于谦（下联）对僧人（上联）

说一半人要说而不敢说的话
做大家伙想做而不敢做的事
革命志士曾延生撰联。曾延生曾任中共九江地委书记、赣南特委书记，后被捕牺牲

红军中官兵佚衣着薪饷一样
白军里将校尉饮食起居不同
　　　　　　朱德1928年题于江西莲花县

名人对联

李阳生指李树为姓，生而知之
马援死以马革裹尸，死得其所
  李阳指老子，"生而指李树，因以为姓"。"死"也是"尸"的偏旁，"屍"同"尸"

囊无半卷书，唯有虞廷十六字
目空天下士，只让尼山一个人
  尼山：山名，在山东，此处代指孔子。某人作联

尊字若忘廉，宛比当年青面兽
大名如不保，遂成今日白花蛇
  一医师叫杨葆春，字志廉。此为戏联："保"与"葆"同音，"青面兽"和"白花蛇"是《水浒》杨志、杨春的绰号

乔女自然娇，深恶胭脂胶俏脸
止戈才是武，何劳铜铁铸镖锋
  粤剧艺术家薛觉先排《乔小姐三气周瑜》这出戏，薛出上联，后人作下联

宠辱不惊，闲看庭前花开花落
去留无意，漫观天外云展云舒
  出自《菜根谭》

南通州北通州南北通州通南北
东当铺西当铺东西当铺当东西
  乾隆下江南经过南通，出上联，一太监对下联南通州指江苏南通一带，北通州指北京市通州区一带。

壮志难磨，尚欲乘长风破万里浪
闲情自遣，不妨处南海弄明月珠

经忏可超生，难道阎罗怕和尚
纸钱能赎罪，居然菩萨是赃官
  廖鹤年为和尚作联

吐纳珠玉声，偶意共逸韵俱发
卷舒风雪色，丽句与浓采并陈
  当代文学家程千帆联

共争青岛归还，同看国贼罢黜
欢呼学生复课，庆贺商店开门
  "五四"时期群众作联

民犹是也，国犹是也，何分南北
总而言之，统而言之，不是东西
  清朝翰林王闿讽袁世凯联

东墙倒，西墙倒，窥见室家之好
前巷深，后巷深，不闻车马之音
  朱熹赠友作此联

  黄遵宪题画舫联

名人对联

　　吾之修书,亦可云猢狲入布袋矣
　　君于仕宦,又何异鲇鱼上竹竿耶
梅尧臣(上联)与妻子(下联)对

　　杜诗汉名士,非唐朝杜甫之杜诗
　　孟子吴淑姬,岂邹国孟轲之孟子
穷秀才(下联)对明代官吏李梦阳(上联)。"杜诗"指东汉发明水力鼓风机名士

　　一岁二春双八月,人间两度春秋
　　六旬花甲再周天,世上重逢甲子
王安石上联,清朝某人对下联

　　巍巍肝胆女儿,有志复仇能动石
　　堂堂须眉男子,无人倡议敢排金
秋瑾题"动石夫人庙"联(典故:金兵南下,山上乱石如下雨,有人认为是"动石夫人"在指挥)

　　贾席珍失去宝贝珍珠,方为西席
　　陈家颜割落耳朵颜面,才是东家
贾席珍为陈家颜的私塾先生作联

　　半间茅屋栖身,站由我,坐亦由我
　　两根萝卜度日,饭是它,菜也是它
吴鳌作联自勉

　　洛阳桥,桥上荞,风吹荞动桥未动
　　鹦鹉洲,洲下舟,水使舟流洲不流
张之洞(下联)对主考官(上联)

　　元宵不见月,点几盏灯为河山生色
　　乾隆下江南经过南通,出上联,一太监对下联惊蛰未闻雷,击数声鼓代天地宣威
闵鄂元(下联)对幕僚(上联)

 名人对联

红芋包谷蔸根火,这种福老夫所享
齐家治国平天下,那些事小子为之

　　　　　　　　　清朝陶澍为榨油场作联

提篮隔栏采兰草,却被烂衣郎拦住
提笔题壁画碧桃,多怪瘪嘴婆逼迫

　　　　　　　　　某人出上联,唐伯虎对下联

三个铜钱贺喜,嫌少勿收,收则爱财
两间茅屋诗客,怕穷莫来,来者好吃

　　　乾隆(上联)看到一农家办喜事,叫侍从送铜钱,农家小孩对下联

两船并行,橹速(鲁肃)不如帆快(樊哙)
八音齐奏,笛清(狄青)难比萧和(萧何)

　　　　　　　　　陈洽(下联)与父亲(上联)对

朝霞似锦,暮霞似锦,东川锦,西川锦
新月如弓,残月如弓,上弦弓,下弦弓

　　　　　　　　　施槃(下联)巧对张都宪(上联)

上文章,下文章,文章桥上晒文章
前黄昏,后黄昏,黄昏渡前遇黄昏

文昌桥上,秀才赤身露体,斯文丧尽
黄昏渡前,府尊搜肠刮肚,脸面无光

　　　　　　上两联为明朝陈际春(下联)与知府(上联)对

东楼三,西楼四,更鼓朦胧,朦胧更鼓
南斗六,北斗七,诸星灿烂,灿烂诸星

　　　　　　友人(上联)见更夫喝酒误打更而出联,清朝曹宗对

名人对联

为名忙,为利忙,忙里偷闲,饮杯茶去
劳心苦,劳力苦,苦中作乐,拿壶酒来
　　　　　　　　　　　　欧阳修(下联)对某人(上联)

蔺相如,司马相如,名相如,实不相如
魏无忌,长孙无忌,尔无忌,吾亦无忌
　　　明朝文学家李梦阳任督学,发现一后生与他同名,因此李出上联,后生对下联

思贤桥,桥上思贤,德高刺史名留古
琵琶亭,亭下琵琶,情多司马泪沾襟
　　　　　　　　　　　　　　　　黄庭坚联

披一品衣,抱九仙骨,狂生无礼称愚弟
行千里路,读万卷书,侠士有志傲王侯
　　　　梁启超(下联)去武昌讲学,投名片给张之洞(上联),作此联

天命诛妖,杀尽群妖,万里河山归化日
王赫斯怒,勃然一怒,六军甲胄逞威风
　　　　　　　　　　　　　　　　洪秀全府联

科场舞弊,皆有常刑,告小人毋撄法网
平生关节,不通一字,诫诸生勿听浮言
　　　　　　　　　　清朝姚文田任督学,考试时作联,喻纪律

铁面无私,凡涉科场,亲戚年家须谅我
镜心普照,但凭文字,平奇浓淡不冤渠
　　　　　　　　　　　　　　清朝大学士朱珪贴联自勉

东启明,西长庚,南箕北斗,朕乃摘星汉
春牡丹,夏芍药,秋菊冬梅,臣是探花郎
　　　　　　清朝江西刘凤皓(下联)独眼考取进士与乾隆(上联)对

名人对联

二猿断木深山中,小猴子也敢对锯(句)
一马陷足污泥内,老畜牲怎能出蹄(题)

解缙(下联)对权臣(上联)

唐代论诗人,李杜以还,唯有几篇新乐府
苏州怀刺史,湖山之曲,尚留三亩旧祠堂

苏州"白云祠"为白居易所建,白居易曾任苏州刺史。某人作联

坐卧一楼间,因病得闲,如此散才天或恕
结交千载上,过时为学,庶几秉烛老犹明

林则徐自勉联

天高云淡,喜看雏鹰,有路展翅能飞万里
宇内尘清,景仰老骥,无私育才跃上九嶷

八旬教授乐天宇创办九嶷山学院,一位老师送此联

历书十二页,页页有时节,节分春夏秋冬
宝塔有七层,层层都有门,门分东西南北

戴灵联

四面灯,单层纸,辉辉煌煌,照遍东西南北
一年学,八吊钱,辛辛苦苦,历尽春夏秋冬

郑板桥(上联)对一先生(下联)联

扒、扒、扒、扒、扒、扒、扒、扒、扒,扒到龙门三级浪
唱、唱、唱、唱、唱、唱、唱、唱,唱出仙姬七姐词

清朝何淡如为戏棚作联,看扒龙船

洞庭八百里,波滔滔浪滚滚,宗师由何而来
巫山十二峰,云重重雾霭霭,本院从天而降

周渔璜(下联),贵州人,至杭州任主考,对某人(上联)联

名人对联

我也曾为冤枉,痛入心来,敢糊涂忘了当日
没不必逞机谋,争个胜去,看终久害着自己
吕璜题联戒糊涂(幼年时家曾遭冤案)

有志者事竟成,破釜沉舟,百二秦关终属楚
苦心人天不负,卧薪尝胆,三千越甲可吞吴
蒲松龄题联自勉

翼德威明,鄙阿瞒如小儿,能视豫州如骨肉
王陵忠义,弃项羽似敝屣,独知刘季是英雄
石达开府联

内无相,外无将,不得已衣帛相将,将来怎样
天难度,地难量,这也是帝王度量,量也无妨
《马关条约》签订后,时人以伊藤博文和李鸿章的口吻作联

天下名山僧占多,也该留一二奇峰,栖吾道友
世间好语佛说尽,谁识得五千妙谛,出我先师
李渔题联为道观几乎被僧侣占去而鸣不平

君不见,厚镜片,一圈又一圈,迫在眉睫,于己不便
尔可知,近视眼,一个又一个,目光短浅,对国有害

叹老夫半世辛勤,藏书万卷,读书千卷,著书百卷
看小孙连番侥幸,县试第一,会试第二,殿试第三
俞樾自撰联

吃苦是良图,做苦事,用苦心,费苦劲,苦境终成乐境
偷闲非善策,说闲话,好闲游,做闲事,闲人就是废人
"四一二"政变后共产党员李甲秾作联

 名人对联

坚持抗战，坚持团结，坚持进步，边区是民主根据地
反对投降，反对分裂，反对倒退，人民有救国自由权

毛泽东题延安新市场联

地临齐鲁大区，愿诸生绍述儒林，广为上都培杞梓
客是江淮男子，笑十载驰驱幕府，又来东海看涛山

清末状元张謇（江苏南通人）联

大箩是箩，小箩也是箩，小箩装进大箩里，两箩合一箩
棺才（材）是才，秀才也是才，秀才装进棺才里，两才合一才

秀才（上联）与农夫（下联）对

梳妆楼头，痴眼依依，痴情依依，有心取媚君子君不恋
延支山上，落木萧萧，落花萧萧，无缘省识春风春难留

黄庭坚（下联）对友人（上联）

得一官不荣，失一官不辱，勿道一官无用，地方全靠一官
穿百姓之衣，吃百姓之饭，莫以百姓可欺，自己也是百姓

清初浙江嘉兴内乡知县高以永作联。作者撰写本联时，适逢战乱，经济萧条，百姓背井离乡，高以永感到责任重大，写下此联

生产产诗歌，诗歌歌生产，热带作物区里作诗，诗情最热
劳动动教研，教研研劳动，红旗照耀光中施教，教益通红

1962年，诗人萧三到海南岛作物研究院参观，作上联，郭沫若对下联

是南来第一雄关，只是天在上头，许壮士生还，将军夜渡
作西蜀千年屏障，会当登临绝顶，看滇池月小，黔岭云低

蔡锷统率护法军讨伐袁世凯时作联，袁世凯渡赤水，进古蔺山关

四水江第一，四时夏第二，先生居江夏，谁是第一，谁是第二
三教儒在先，三才人在后，小子本儒人，何敢在前，何敢在后

张之洞（上联）与梁启超（下联）对

名人对联

左舜生姓左不左，易君左名左不左，二君胡适，其于右任乎
梅兰芳伶梅之梅，陈玉梅影梅之梅，双玉涂来，是言菊朋也
某人为著名京剧演员梅兰芳而作联

马上得之，府上治之，造亿万年太平天国于弓刀锋镝之间，斯为健者
东面而征，西面而伐，救出一省无罪良民于水火倒悬之会，是曰斯人
太平天国时李秀成作寝殿联

收二川，排八阵，六出七擒，五丈原前，点四十几盏明灯，一心只为酬三顾
取西蜀，定南蛮，东和北拒，中军帐里，变金木土草爻卦，水面偏能用火攻
某人作联概括诸葛亮一生

桂省府数次搬迁，宜山不宜，都安不安，百色百变，从此凌云直上，安居乐业
四战区再度撤退，向华失向，夏威失威，云沐云散，盼望龙光返照，气煞健生
某人作联讽刺国民党广西区政府多次迁移，后迁至四川乐山。夏威：将领。健生：白崇禧

沧海日，赤城霞，峨眉雪，巫峡云，洞庭月，彭蠡烟，潇湘雨，扬子涛，庐山瀑布，合宇宙齐观绘我斋壁
少陵诗，摩诘画，丘明文，马迁史，薛涛笺，右军帖，南华经，相如赋，屈子离骚，搜古今绝艺置吾轩窗
金陵李生联

苍莽石头，长虹横贯，浪淘尽，三国风流，六朝金粉，二陵烟月，半壁旌旗，况虎踞春残，寂寞明封余故垒，龙蟠叶老，萧条洪殿锁斜阳，初解放时，只剩得江山清清，秦淮冷冷
东南学府，赤骥飞驰，名奕留，两江情采，四壁弦歌，八十年华，千秋事业，欣栖霞日暖，郁茫天堑变通途，浦口潮新，百万雄师夜渡江，本世纪末，定赢来人才济济，科教芃芃
郭影秋贺南京大学八十周年校庆联

名人对联

今日之东,明日之西,青山叠叠,碧水悠悠,走不尽粤岭秦关,填不满心潭欲壑,智兮曹操,力兮项羽,赤壁乌江空自刎,忙什么?请君静坐片时,思前想后,得安闲处且安闲,留些奔波过明旦

这条路来,那条路去,岁月茫茫,人生杳杳,留不住苍颜白发,带不去紫玉黄金,贵如李靖,富如石崇,绿珠红拂今何在,悭怎的?与我好酒数壶,猜三道四,须畅饮时应畅饮,一出阳关无故人

乾隆皇帝题某旅馆联

风景名胜联

风景联

日观仙云如凤辇
夜降瑞雪照龙衣

青山不墨千秋画
绿水无弦万古琴

蕉雨墨池吹黛绿
梨花春露泻鹅黄

闲看湖中天鹅舞
静观高空大雁飞

立弓空东海
登高望太平
安徽黄山立马峰联

黄山云似海
天姥日为丸
郑板桥题黄山联

厦庇五洲客
门纳万顷涛
清末某人为厦门作嵌字联

江流横万里
天柱插三峰
广西南溪山联

波光迎日动
浩象兴云浮
浙江嘉兴南湖联

翠壑丹崖千丈画
白云红叶一溪诗
安徽黄山楼花溪联

风景名胜联

潮来直涌千寻雪
日落斜横百丈虹
　　　　　　福建泉州洛阳桥联

半湾活水千江月
一粒沉沙万斛珠
　　　　郑板桥回兴化老家过中堡湖作联

万顷苍波澄玉鉴
一轮红日滚金球
宋代名为衡山僧佛印南岳祝融峰望日台题联

群峰削玉三千仞
乱石穿空一万枝
　　　　　　　山东青岛崂山联

无边晴雪天山出
不断风云卷地来
　　　　　　　　甘肃玉门关联

峰高华岳三千丈
险据秦关百二重
　　　　　　　　宁夏六盘山联

两山壁立青霄近
一水中流白练飞
　　　　　　　河北涿鹿县龙门峡联

横奔月窟千里雪
倒泻银河万声雷
　　　　　江西庐山青玉峡观瀑亭联

风吹柳叶枝摇曳
雨洒楼花瓣露鲜
　　　　　　　　　江西桃柳联

飞瀑接来银河脉
灵台窥透鸢鱼天
　　　　　福建武夷山黄冈山大峡谷联

银泉倾泻涛声远
碧浪回旋胆气寒
湘中青龙山下"梅山龙宫（九龙洞）"联

云开世上三千界
岩倚天南第一峰
　　　　　　　　广州白云山联

四面青山三面水
一城绿柳满城花
　　　　　　　吉林抚松镇江楼联

近岭遥山铺鹤氅
千条万树尽梨花
　　　　　　　　松花江赏雨亭联

万顷鸥沙衬林绿
半江渔火映花红
　　　　　　　云南昆明大观楼联

银汉浮空星过水
玉虹抱雨雁横秋
　　　　　　　　贵阳甲秀楼联

风景名胜联

云卧天窥无不可
风清月白致多佳
　　　　河北承德避暑山庄西岭晨霞联

一条界破青山色
万古带疑白练飞
　　　　江西庐山香炉峰联

二崤虎口夸天险
九折羊肠确地雄
　　　　甘肃嘉峪关城楼联

华岳三峰凭槛立
黄河九曲抱关来
　　　　陕西潼关联

天远钟声遥渡汉
地阔月色近亲人
　　　　广西容县都峤山宝盖岩联

洞中有天，天中有洞
山外无景，景外无山
　　　　海南万宁华封岩联

浩月当空照双峰峙立
明星朗现二水交流
　　　　四川江津县中山镇双峰寺联

天外是银河，烟波宛转
云中开翠幄，香雨霏微
　　　　北京颐和园养云轩联

中圣人之清，有如此水
取醉翁之意，以名吾亭
　　　　甘肃酒泉县城有一酒泉，喷吐如珠，风景如画，清末两江总督左宗棠谪边，路过此地，题联

滩浪高抛，势若三军应战
水流湍急，声如万马奔腾
　　　　西宁塔尔寺西石峡悬崖联

山势危峨，翱鸟不能越过
崖壁峻峭，飞猿亦苦攀登
　　　　辽宁本溪摩天岭联

门辟九霄，仰步三天胜迹
阶崇万级，俯临千丈奇观
　　　　泰山南大门联

白水如棉，不用弓弹花自散
红霞似锦，何须梭织天生成
　　　　贵州黄果树瀑布亭联

潮涌西津，不断天风传塔语
山蟠北固，遥分晴濑散炉烟
　　　　清代乾隆皇帝题江苏镇江北固山联

百丈水帘，自古无人能手卷
一轮月镜，迄今何匠敢行磨
　　　　江苏连云港花果山水帘洞联

曙色晴明，残星几点雁横塞
晨曦初朗，斜月孤岭门上关
　　　　山西雁门关联

风景名胜联

三峰从天外飞来,石矗云端,仿佛仙人宛在
二水把春光锁住,溪横雪练,安排过客留题
四川合江县笔架山风景区联

名胜联

图画香山,风流玉局
荷花世界,杨柳楼台
杭州西湖苏公祠横翠阁联
注:玉局:宋朝文学家苏轼的号,因他在朝廷玉局观担任职务,故名。

月来满地水
云起一天山

青山载酒呼棋局
紫褐传盅近笛林

借取西湖一角堪夸其瘦
移来金山半点何惜乎小
上三联均为扬州瘦西湖小金山联

夫妇是前缘,善缘恶缘,无缘不合
儿女原宿债,讨债还债,有债方来
杭州城隍庙联

笑古笑今,笑东笑西笑南笑北,笑来笑去,笑自己原来无知无识
观事观物,观天观地观日观月,观上观下,观他人总是有高有低
乐山凌云寺联

念念不离心,要念而无念,无念而念,始算得打成一片
佛佛原同道,知佛亦非佛,非佛亦佛,即此是坐断十方
山西应县净土寺联

大千世界,弥勒笑来闲放眼
不二法门,济颠醉去猛回头
山东枣庄龙泉寺联

此处既非灵山,毕竟什么世界
其中如无活佛,何用这样庄严
张大千题绍兴戒珠寺联

一觉睡西天,谁知梦里乾坤大
只身眠净土,只道其中日月长
甘肃张掖大佛寺联

笑到几时方合口
坐来无日不开怀
济南千佛寺联

峰峦或再有飞来,坐山门老等
泉水已渐生暖意,放笑脸相迎
杭州灵隐寺联

风景名胜联

大慈大悲,到处寻声救苦
若隐若显,随时念波消愆
潮州开元寺观音阁联

大肚能容天下难容之事
开颜便笑世间可笑之人
北京潭柘寺弥勒殿联

大肚包容,了却人间多少事
满腔欢喜,笑开天下古今愁
凤阳龙兴寺、台中宝觉寺联

站着!你背地做些什么?好大胆还来瞒我
想下!俺这里轻饶哪个?快回头莫去害人
贵阳城隍庙联

一苇渡江,达源溯六祖
九年面壁,妙理悟二乘
河南少林寺面壁洞联

清华真佛地
庄严古洞天
安徽九华山华严洞联

修德种因法身圆妙
水清月现玉盖尊严
台湾彰化修水岩联

山静尘清,水参如是观
天高云浮,月喻本来心
河北承德水月庵联

紫气东来,海上犹传天乐近
云霞西涌,人间长见法轮新
台湾台中紫云岩联

净土莲花,一花一佛一世界
牟尼珠献,三摩三藐三菩提
台湾台中慈善寺大雄宝殿联

湖畔显灵,大士婆心,济拔三途苦
山前圣景,莲瓣九品,广渡诸有情
台湾云林湖山岩联

见见见,非见非见,见非见
闻闻闻,不闻不闻,闻不闻
湖北房县凤凰山观音洞联

翠翠殷殷,处处花花果果
风风雨雨,年年暮暮朝朝
福州西禅寺联

双双玉井,碧澄冷浸千秋月
六六玄峰,翠耸光连万壑云
河南少林寺西坊联

只有几文钱,你也求,他也求,给谁是好
不做半点事,朝又拜,夕又拜,教我为难
某财神庙联

风景名胜联

泉自几时冷起
峰从何处飞来
灵隐冷泉亭联

望江楼下望江流,江楼千古,江流千古
赛诗台上赛诗才,诗台绝世,诗才绝世
唐朝诗人薛涛故居,成都望江楼联

翠阁我迎宾,数不尽,甘脆肥浓,色香清雅
园庭花胜锦,祝一杯,富强康乐,山海腾欢
广州翠园酒楼联

万树梅花一潭水
四时烟雨半山云
云南黑龙潭联

翠翠红红,处处莺莺燕燕
风风雨雨,年年暮暮朝朝
杭州西湖花神庙联

水水山山,处处明明秀秀
晴晴雨雨,时时好好奇奇
杭州西湖中山公园叠字亭联

品泉茶三口白水
竺仙庵二个山人
杭州西湖天竺顶竺仙庵联

万顷湖平长似镜
四时月好最宜秋

佳景四时,最好秋光何况月
静观万物,欲平天下有如湖
上两联为杭州西湖"平湖秋月"联

无锡锡山山无锡
平湖湖水水平湖
浙江平湖联

日日携空布袋,少米无钱,却剩得大肚宽肠,不知众檀越信心时,用何物供养
年年坐冷山门,接张待李,总见他欢天喜地,请问这头陀得意处,是什么来由
福州鼓山涌泉寺山门弥勒座题联

湖山旧是儿女家,稽首慈云,愿佳丽尽生西土
图画今留元老像,翻身苦海,看英雄竟付东流
杭州"观音图"联

一幅湖山来眼底
万家忧乐注心头
云南滇池太华寺联

枫叶荻花秋瑟瑟
闲云潭影日悠悠

上联取自白居易《琵琶行》,下联取自王勃《滕王阁序》的句子。江西百花洲远景"琵琶亭",近景"滕王阁"

风景名胜联

上帝本好生，求我与以儿女，不求我亦与以儿女
下民须自爱，为善报在子孙，为不善亦报在子孙
杭州送子观音庙联

珠玉九天元音谐乐律
笙簧六籍太室饫谟觞
北京颐和园颐乐殿联

写鬼写妖高人一等
刺贪刺虐入骨三分
郭沫若题蒲松龄故居联

山墅深藏，峰高树古
湖亭遥对，桥曲波皱
上海豫园联

大江东去，浪淘尽，千古英雄，问楼外青山，山外白云，何处是唐宫汉阙
小苑西回，莺唤起，一庭佳丽，看池边绿树，树边红雨，此日有舜日尧天
南京瞻园联

俯首可望峰和月
抬头反见洞穴深
雁荡山灵峰东石梁联

碧水凝青涧
奇峰插白云
雁荡山观音洞联

雁荡风景闻天下
五洲侨胞寄铭心
雁荡山临碧亭（侨胞资助）联

名山有幸埋忠骨
胜地逢墓色倍增
雁荡山敬仰亭烈士墓联

谁把一帆挂？日悬夜不收
风行云作线，天地一孤舟
雁荡山一帆峰联

一帆拔地起
有水从天来
康有为题雁荡山一帆峰联

烈士们的革命意志如天柱巨峰，巍然屹立
烈士们的英雄气概若龙湫飞瀑，万古长流
雁荡山烈士墓联

千秋怀抱三杯酒
万里云上一水楼
昆明大观楼联

青山横郭，白水绕城，孤屿大江双塔院
春日芙蓉，晚风杨柳，一楼千古两诗人
浙江温州江心屿岛上浩然楼联

风景名胜联

犹留正气参天地
永剩丹心照古今
    浙江温州江心屿上文天祥祠庙联

世外凭临一面峰峦三面海
云中结构二分人力几分天
    江苏海州云台山寺联

云喷笔花腾虎豹
风翻墨浪走蛟龙

英雄尚毅力
志士多苦心
    上两联为秋瑾故居联

数尺地,五湖四海
几更地,三朝六代
  浙江诸暨"枫桥会馆",周总理曾在此演讲,听众甚多,某人联

史笔炳丹书,真耶非耶?莫问那十二金牌,七百年志士仁人,更何等悲歌泣血
墓门蓍碧书,是也非也?看跪此一双顽铁,亿万世奸臣贼妇,受几多恶报阴谋
    杭州岳王庙联

湖滨石亭读书经
泉边青山伴回音
    杭州西湖放鹤亭联

似洞非洞造成仙洞
无门有门是为佛门
    青田石门洞联

山外皆山,峦岫绕成清净界
画中有画,笙歌谱就太平图
    西湖孤山中心公园(原为清代圣恩寺)联

飞峰一动不如一静
念佛求神不如求己
    杭州飞来峰冷泉亭联

台榭漫芳塘,柳浪莲房,曲曲层层皆入画
烟霞笼别墅,莺歌蛙鼓,晴晴雨雨总宜人

一片清光浮水国
十分明月到湖心
    上两联为杭州西湖三岛联

四大空中,独留云住
一峰缺处,还看潮来

一角夕阳藏古洞
四周翠岚接遥村

倘他日蜡屐重来,须记取山中松泾
携一片白云归去,莫错认世外桃源
    上三联为杭州烟霞洞联

风景名胜联

世无遗草真能隐
山有名花转不孤
    林则徐题杭州孤山放鹤亭联

明月自来去
空潭无古今

绕廊荷花三十里
拂城杨柳一千棵

记故乡亦有仙潭，看一样湖光，添得石桥长九曲
到此地宜邀明月，问谁家秋思，吹来玉笛到三更
    上三联为杭州西湖"三潭映月"联

峰从何处飞来，历历汉阳，正是断魂迷楚雨
我欲乘风归去，茫茫禹迹，可能留命待桑阳
    庐山汉阳峰联

欲把西湖比西子
从来佳茗似佳人
    杭州藕香居茶室联

四壁云山九江棹
一亭烟雨万壑松

故从此处寻踪迹
更有何人告太平
    上两联为庐山仙人洞联

鹿豕与游，物我相忘之地
泉峰交映，知仁独得之天
  庐山白鹿洞书院是唐代李渤读书养鹿之地。宋代朱熹联

烟似彩云，秀色演戏庐岭景
水如明镜，清光照澈浔阳城
  庐山烟水亭联。烟水亭相传为三国周瑜点将台，亭名取自"山光水色薄笼烟"之意

脱身依旧仙归去
撒手还将月放回
    安徽采石矶太白楼联

翁去八百载，醉乡犹在
山行六七里，亭影不孤
    安徽滁县醉翁亭联

照耀千秋，念当年铁面冰心，建谠言不希后福
闻风百世，至今日妇人孺子，颂清官只有先生
    合肥包公祠联

地占百弯多是水
楼无一面不当山
    济南大明湖联

一上高楼，缅当年江汉风流，多少千秋人物
双持使节，喜此日荆衡形势，纵横万里金汤
    武昌黄鹤楼联

风景名胜联

志在高山，志在流水
一客荷樵，一客弹琴
武汉古琴台联

八百里湖光，飞来眼底
十万家忧乐，涌上心头
湖南岳阳楼联

千秋冤案莫须有
百战忠魂归去来
岳飞墓联

神仙有无可渺茫
桃源之说诚荒唐
湖南桃花源，韩愈联

清风有意难容我
明月无心自照人

六经责我开生面
七尺从天乞活埋
上两联写湖南王船山（王夫之）的故居，自撰联

蓬头垢面跪阶下，想想当年宰相
端冕垂旒临座上，看看今日将军
河南汤阴岳王（岳飞）庙

拔地擎天，四面云山拱一柱
乘风步月，万家烟火接云霄

俯瞰桑乾，滚滚波涛荧似带
遥临恒庙，苍苍岫嶂屹如屏
上两联指山西应县木塔，八角九层，高六十七米，某人联

生死一知己
存亡两妇人
山西霍县韩信墓联。知己：指萧何；两妇人：指漂母、吕后

昼夜不舍
天地同流
山西太原晋祠难老泉亭联

鸳瓦贴云宵，俯抱明星兼玉女
虎贲卧庭庑，犹强周柏与秦松
陕西华山华岳庙联，清朝梁章钜作

视之若醒
呼之则寝
甘肃张掖宏仁寺联，寺内有中国最大的释迦牟尼卧像

直与峨眉争秀丽
要从灌口觅源头

千年雪岭栏边出
万里云涛座上浮
上两联为四川乐山的离堆（乌龙山）联

恩波浩淼连三楚
惠泽霁流润九垓
四川大渡河、青衣江、岷江三水在乐山山下会合，某人联

风景名胜联

雄关高阁壮英风,捧出热心,披开大胆
剩水残山余落日,虚怀壮志,空寄当归
四川剑阁姜维祠联(姜维母寄药当归,要他回家,姜维寄远志药回)

栽竹栽松,竹隐凤凰松隐鹤
培山培水,山藏虎豹水藏龙

扫来竹叶烹茶叶
劈碎松根煮菜根
上两联为四川灌县青城山天师洞联

登临莫畏苦
小憩自然凉

幽路原无雨
空翠湿人衣
上两联为青城山的小亭联

万里桥西宅
百花潭北庄

吏情更觉沧州远
诗卷长留天地间
上两联为成都杜甫草堂联,清朝吴棠作

望重南阳,想当年羽扇纶巾,忠贞扶季汉
泽周西蜀,爱此地浣花濯锦,香火拥灵祠
成都武侯祠联

华岳三峰凭槛立
黄河九曲抱关来
陕西潼关城楼联

地有千秋,南来寻丞相祠堂,一样大名垂宇宙
桥通万里,东去问襄阳耆旧,几人相忆在江楼
成都杜甫草堂联,清朝沈葆桢作

风月无边,遥望秦川八百里
江山如画,古称天府第一湖
四川新都桂湖联

寺门高开洞庭野
苍崖半入云涛堆
四川乐山乌龙寺联

海上生明月
心中有白云
广州白云寺,峰顶常有白云飘绕,某人联

客游图画里
人语云水间
广东肇庆鼎湖山联

到此处才进一步
愿诸君勿废半途
广东肇庆半山亭联

桥跨虎溪,三教三源流,三人三笑语
莲开僧舍,一花一世界,一叶一如来
杭州虎丘三笑亭联

风景名胜联

青山有幸埋忠骨
白铁无辜铸佞臣
　　　　　杭州西湖岳飞坟前联

到清凉境
生欢喜心
　　　　　桂林叠彩山联

曾经沧海难为水
欲上高楼且泊舟
　　　　　昆明大观楼联

石中碧玉环中出
人在青莲瓣里行

银汉浮空星过水
玉虹抱雨雁横秋
　　　　　贵阳甲秀楼联

前路赤炎炎日，试问能行几步
这里凉飕飕风，何妨暂住片刻
　　　　写洛阳古道的路亭，某人联

南北赏江湖，潮落潮生终不息
东西达城市，人来人往为何忙

带水绕长堤，凭栏眺望鸥乡远
石梁横古渡，隔岸通行驿路平
　　上两联为江苏江都大桥镇白塔河上永
　　济桥（石拱桥）联

隔岸眺仙踪，问楼头黄鹤、
天涯白云，可被大江留住
　　绕栏寻胜迹，看树外烟波、
洲边芳草，都凭杰阁收来
　　　　　南昌滕王阁联

大宋汉山河，气势长存威海外
富豪王府第，声名远播震城中
　　　　　香港宋城联

重重叠叠山，曲曲环环路
叮叮咚咚泉，高高下下树
　　　　　清代俞曲园联

芳池月映
故宅风存
　　　　　陕西蔡伦墓祠

世上疮痍，诗中圣手
民间疾苦，笔底波澜
　　　　郭沫若题成都杜甫草堂联

近四旁惟中央统泰华恒衡
四塞关河拱神岳
　　历九朝为都会包伊瀍洛涧
三台风雨作高山
　　　　　河南嵩山联

春风阆苑三千客
明月扬州第一楼
　　　　　扬州迎月楼联

烟雨楼台，革命萌生，此间
曾着星星火
　　风云世界，逢春蛰起，到处
皆闻殷殷雷
　　　　董必武题嘉兴南湖纪念馆联

风景名胜联

欲挽春光,两岸杨柳青袅袅
能消夏暑,一湖莲叶绿田田
某人题南京莫愁湖联

观音阁上关观音,关他则甚?
状元坊下撞状元,撞我何来?
"关""观"与"撞""状"同音相对,观音阁:地名。上联某人出。明朝状元杨升庵的下属骑马撞到坊柱上,于是写出下联

心远天地宽,把酒凭栏,听玉笛梅花,此时落否?
我辞江汉去,推窗寄慨,问仙人黄鹤,何日归来?
彭玉麟咏黄鹤楼联

大匠不画龙蛇,待名士来题咏者
今世复多蛟龙,愿将军出除斩之
江苏宜兴周处庙联。周处改邪归正后,建功立业,封为将军

天上有池能作雨
人间无地不逢年
庐山天池联

爽气西来,云雾扫开天地暗
大江东去,波涛洗尽古今愁
苏东坡题黄鹤楼联

北涧生潮朝至暮
青山如画古犹今
朱熹题福州西禅寺联

放鹤去寻三岛客
任人来看四时花
袁枚题随园(其本人的书斋)联

爱国爱民,玉树芝兰佳子弟
春风春雨,朱楼画栋好家居
孙中山为梅县松口同盟会会员谢逸桥"爱春楼"题联

三顾频烦天下计
一番晤对古今情
董必武题成都武侯祠联

志见出师表
好为梁父吟
郭沫若题成都武侯祠联

酌酒花间,磨针石上
倚剑天下,挂弓扶桑
郭沫若题四川江油李白纪念馆联

开辟荆榛,千秋功业
驱除荷虏,一代英雄
郭沫若题厦门郑成功纪念馆联

风声雨声读书声声声入耳
家事国事天下事事事关心
顾宪成题无锡东林书院联

书中岂有黄金屋
海上长存天一楼
胡乔木题宁波天一阁藏书楼联

风景名胜联

观瞻气象耀民魂,喜今朝祠宇重开,老柏千寻招慧眼
收拾山河酬壮志,看此日神州奋起,新程万里驾长车
赵朴初题杭州岳飞墓联

龙游凤舞中天瑞
风和日丽大地春
北京故宫联

玉宇琼楼天上下
方壶园峤水中央
北京中南海金鳌玉炼桥联

金石文章空八代
江山姓氏著千秋
陕西韩愈祠联

一门父子三词客
千古文章四大家
四川眉山三苏祠联

读史数千言,秋天一鹄先生骨
草堂三五里,春水群鸥野老心
成都杜甫草堂联

杜陵笔落伤豺虎
爱国孤悰薄斗牛
叶剑英为成都杜甫草堂题联

韬略终须建新国
奋飞还得读良书
郭沫若为邹韬奋图书馆作嵌字联

门前学种先生柳
岭上长留处士坟
九江陶渊明祠联

溉汾西千顷田,三分南七分北,浩浩同流数十里,浠之不浊
出瓮山一片石,冷于夏温于冬,冽冽有本亿万年,与世长清
太原晋祠联

酒味冲天,飞鸟闻香化凤
糟粕落地,游鱼得味成龙
山西杏花村汾酒厂联

三万轴书卷无存,入室追思名宰相
九千丈云山不改,凭栏细认古烟霞
湖南衡山邺侯书院联

楼高但任云飞过
池小能将月送来
上海豫园明月楼联

一日无心出
群山不敢高
山东泰山绝顶亭联

雨不崇朝遍天下
花随流水到人间
山东泰山雨花观联

风景名胜联

揽月居然临上界
寒云便要洒齐州
　　　　　　山东泰山岱庙联

仰之弥高,钻之弥坚,可以语上也
出乎其类,拔乎其萃,宜若登天然
　　　　　　山东泰山孔子崖联

门辟九霄,仰步三天胜迹
阶崇万级,俯临千嶂奇观

门可通天,仰观碧落星辰近
路承绝顶,俯瞰翠微峦屿低
　　　　　　上两联为山东泰山南门联

对江楼阁参天立
全楚山河缩地来

一楼萃三楚精神,云鹤俱空横笛在
三水汇百川支派,古今无尽大江东
　　　　　　上两联为武汉黄鹤楼联

落霞与孤鹜齐飞
秋水共长天一色
　　　　　　王勃题滕王阁联

大江东去千峰翠
爽气西来两袖青
　　　　　　武汉黄鹤楼一览亭联

烟笼古寺无人到
树倚深堂有月来

长戈满地,一亭独幽,客子河梁携手去(河梁:原指桥,后代指送别之地)
把酒问天,陶然芳醉,西山秋色上衣来
　　　　　　上两联为北京陶然亭联

三峰三霄通,宝掌千秋留藓迹
一岳一石作,金天万里矗莲花
　　　　　　陕西华山玉泉院联

黄阁逼云霄,举头红日近
远山收入画,回首白云低
　　　　　　安徽黄山玉屏楼联

足下起祥云,到此者应带几分仙气
眼前无俗障,坐定后宜生一点禅心
　　　　　　九江庐山绝顶联

理冤狱,关节不通,自是阎罗气象
赈灾黎,慈悲无量,依然菩萨心肠
　　　　　　开封包公祠联

星辰熠耀贞观千古事
魁斗独尊盛世帝王汤
　　　　　　西安华清池星辰汤联

风景名胜联

德被十方国民安
泽尽万代风雨顺
　　　　西安华清池联

沧海明月珠莹润
蓝田紫气玉生烟
　　　　西安华清池丽宝斋联

楼外有楼,伴鼓听钟开盛会
味中品味,追唐溯汉沐祥风
　　　　西安钟楼同盛祥酒楼联

宴会宴友饺子宴
长忆长安德发长
　　　　西安钟楼德发长饺子店联,贺敬之作

师卧龙,友子龙,龙师龙友
弟翼德,兄玄德,德弟德兄

兄玄德,弟翼德,生擒庞德
生蒲州,会涿州,坐镇荆州
　　　　上两联为关帝(关羽)庙联

登高丘而望远海
倚长剑以临八荒

潭水光中塔影
梅花香里钟声

疏影横斜水清浅
暗香浮动月黄昏

在山泉清,出山泉浊
陆居非屋,水居非舟
　　　　上四联为苏州虎丘塔联

水远一湾幽居是适
花围四壁小住为佳
　　　　苏州拥翠山庄灵澜精舍联

塔影在波山光接屋
画船人影晓市花声
　　　苏州虎丘断梁殿联,扬州画家李圣和题

半丘残阳孤云寒食相思陌上路
两山横黛瞰碧青门频返月中魂
　　　　苏州虎丘联

餐胜如归寄心清尚
聆音俞漠托契孤游

海国启琳宫宏法利生扬正教
灵山间妙谛觉迷度苦感仁王
　　　　上两联为苏州留园联

东震涌庄严看桥通鹤市山
近虎丘招提久占三吴胜
西来参本意任侠士流芳生
公说法照澈都归五蕴空
　　　　苏州西园大雄宝殿联

妙相圆融遍尘刹而无求不应
悲心志切度群生而有感皆通
　　　　苏州西园观音菩萨联

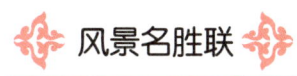

风景名胜联

四壁荷花三面柳
半潭秋水一房山

束云归砚盒
裁梦入苍心

唤我开门迎晓月
送人何处啸风桅

松柏有本性
金石有盟心

清斯濯缨浊斯濯足
智者乐水仁者乐山

小径四时花随分逍遥真闲
却香车风马
一池千古月称情欢笑好商
量酒政茶经

　　　　　上六联为苏州拙政园联

天香无凡尘
国色拥富贵

　　　　　西安大庆路庆阳大厦联

西南诸峰林壑尤美
春秋佳日觞咏其间

　　　　　苏州拙政园见山楼联

林阴清和兰言曲畅
流水今日修竹古时

　　　　　苏州北寺塔联

观大海者难为水
悟目心时不见山

　　　　　苏州灵岩山寺落红亭联

证诸佛本妙觉心安住寂光
享真常法乐
愍众生迷如来藏现身尘刹
作得度因缘

净土法门普被三根实如来
成始成终之妙道
弥陀誓愿全收九泉示众生
心作心是之洪猷

好山四面归来另眼相看
大路一条到此齐心向上

劳尘修净土认清蹊路岂无
宝筏渡迷津
平地上灵崖过此关头自有
天梯登绝顶

　　　　　上四联为苏州灵岩山联

人间何物都无敌
海内知音祝允明

　　　　　苏州唐伯虎馆梦墨堂联

闻唐衢痛哭何为？纵使青云
无望，却赢得才子高名，在将相王
侯之上
继宋玉招魂之后，此番苍墓
重修，更装点横塘美景，替湖光花
月增妍

　　　　　苏州唐伯虎馆六如堂联

风景名胜联

寒山古寺钟声远
佛阁藏经道力宏

一窗佳景王维画
四壁青山杜甫诗
上两联为苏州寒山寺联

苍松翠竹真佳客
明月清风是故人

晓风柳岸春先到
夏日荷花乐不知
上两联为苏州狮子林联

高隐成图,息壤偕盟马文壁
名园涉趣,清诗重和蒋心余

浩劫空踪畸人独远
园居日涉来者可追

相赏有松石间意
望之若神仙中人

石品洞天标题海岳
钟闻古寺境接琅嬛

清谈袛风月于此地,碧筒酣饮,花应解语,凌波出水共争妍
尘世阅沧桑问昔年,翠辇经过,石不能言,叠嶂奇峰还似旧

于鯈泳流连而外瞻族承先
树人裕后名园今得主高风不让
谢公墩

具峰岚起伏之奇晴云吐月
夕照含晖尘劫几注年胜地重新
狮子座
上六联为苏州狮子林联

千秋功勋三军猛勇震大地
万代楷模将士奇智泣鬼神

陕西华山纪念亭(纪念华山解放十二周年)联

至诚开金石经国家定社稷
从来君相仗威灵
明德荐馨香祭天地祀神祇
自古圣贤崇典礼
苏州玄妙观联

登阁遥望水色连天迷绿野
飞云远去湖光满目照青山

欲赋欣然闻鸟语
倚栏意外得涛声
上两联为无锡鼋头渚联

僮可烹,妾可杀,城不可占,矢志保江淮半壁
生同岁,死同年,神亦同祀,精忠比日月双辉
江苏江阴双忠祠联。双忠:指张巡、许远

风景名胜联

两表酬三顾
一对足千秋
　　　　　成都武侯祠联

何处招魂香草还生三户地
当年呵壁湘流应识九歌心
　　　　　长沙三闾大夫(屈原)祠联

三过其门,虚度辛壬癸甲
八年于外,平成河汉江淮
　　　　　江苏江都禹王宫联

铁板铜琶,继东坡高唱大江东去
美芹悲黍,冀南宋莫随鸿雁南飞
　　　　　郭沫若题济南辛弃疾纪念祠联

锦绣江山,半壁雄心敌吴魏
风云儿女,千秋佳话掩甘糜
　　　　　湖北石首刘备与孙夫人合祠联

清风明月本无价
近水遥山皆有情
　　　　　苏州沧浪亭联

发宏愿度众生除一切苦厄
现幻身说佛法结万世因缘

心地光明旧新并洽
普门亦现宗说兼通

五蕴皆空世间有相感虚妄
六尘全杏大能无我即如来

佛祖济众生八方安乐
宝刹逢盛世四海承恩

万法皆空明佛性
一尘不染证禅心
　　　　　上五联为江苏江都开元寺联

一百八记钟声唤起万家春梦
二十四番花信吹香七里山塘
　　　　　苏州虎丘塔花神庙联

　几堆江山画图,山繁华自昔,试看奢如大业,令人讪笑,令人悲哀,应有些逸兴雅怀,才领得廿四桥头箫声月色
　一派竹西歌吹,路传诵于今,必须大似庐陵,方可遨游,方可啸咏,切莫是秾花油酒,便当了六一翁后余韵流风
　　扬州平山堂联。六一翁:宋朝文学家欧阳修,曾任扬州知府

　赤面秉赤心,骑赤兔追风驰驱时,无忘赤帝
　青灯观青史,仗青龙偃月隐微处,不愧青天
　　　　　湖北当阳关帝庙联

以少胜多瑶草琪花荣四季
即小观大方丈蓬莱见一斑

风景名胜联

水榭朝曦花绽露
山房晚照柳生烟
上两联为扬州瘦西湖联

平临一水入澄照
错置九峰出古情
扬州荷花池公园联

秦皇安在哉，万里长城筑怨
姜女未亡也，千秋片石铭贞
文天祥题山海关孟姜女庙联

共赏万余卷奇文，远撷紫芸，近摹朱草
重寻五十年旧事，一攀丹桂，三趁黄槐
左宗棠任陕甘总督时题甘肃兰州贡院联

毕生彪炳功勋启自授书始
历代崇丰禋祀端由辟谷开
河南嵩县白云山留侯张良联

小筑虚亭添野景
闲将遗事说前朝
清朝扬州名士陈重庆为重宁寺作联

广袤幅员三万里
悠长历史五千年
陕西延安黄帝陵轩辕庙联

观天地生物气象
谈古今经世文章
陕西延安黄帝陵诚心亭联

湖阔鱼龙跃
山阴草木香
无锡鼋头渚通芬堂联

山水不随鸥夷去
波声偏为鸥侣留
无锡鼋头渚净香水榭联

道是非天非地路
果真亦仙亦凡桥

过此桥是玉虚境
到波岸非本来钱
上两联为无锡鼋头渚会仙桥联

三碗两盏，尽尝江南风味
百滋百味，小吃太湖人家
无锡鼋头渚太湖人家酒店门联

天听民听，天视民视
人溺己溺，人饥己饥
河南叶县县衙大门楹联

我如卖法脑涂地
尔敢欺心头有天

丹毫一点，乃吾民利害攸关，须念悻出必将悻入
百日三竿，即尔室公私毕照，莫谓知显不在知微
上两联为河南叶县县衙大堂楹联

风景名胜联

山色壮，金银唯以不贪为宝
江流环，铁石居然众志成城
河南叶县县衙卷棚两梢间楹联

灵显前程入精舍
竹隐仙境听佛音

天道上天天上妙堂
灵山得灵灵得喜佛

你乐我乐时时快乐
今福明福常常幸福

诸君早种善慧根
今生成就此功德
以上四联为杭州灵隐寺联

立定脚跟背后山头飞不去
执持手即眼前佛面即如来

峰欲再飞无净土
泉甘乃冷有名山

泉声咽危石
日色冷青松
上三联为杭州飞来峰联

愿天下有情人都成了眷属
是前生注定事莫错过姻缘

成性来朝仙佛
投线去取因缘
上两联为杭州黄龙洞联

玉宇澄清躬临胜境
碧波荡漾我念先贤
浙江千岛湖海公（海瑞）祠联，1986年李锐题

四载功勋垂竹帛
一生刚直砺冰霜

昭代衣冠第一人
三元声价重麒麟

祠堂县属对宇依然 一湖照世开明镜
遗像丰碑清风不歇 千山破浪尽刚峰

十岛立如屏，仰亮节高风丹心铁骨永垂后世
一湖清可鉴，伴苍松翠竹夕照朝晖同拜先生
上四联为浙江千岛湖海公（海瑞）祠联

石峡文明第
青溪理学家

一门登两第
百里足三元

先贤厉后人青云出步
遗范光今世紫气胜腾
上三联为浙江千岛湖石峡书院联

先立乎其大
有志者竟成

风景名胜联

轻松寒不落
云鹤高其翥
　　　　上两联为茅盾故居联

德用化宇
泽润生民

德光天广博
恩湛海重渊

瑞石灵基古
新宫圣祀崇

灵城昭于日月
霞润辟此乾坤

天道本无私，诸君到此恭求善事，须行一二件
后德甚灵显，小子曾来祷告神签，明示两三番

春风静秋水，明贡士，波臣知中国有圣人伊母也力
海日红江天，碧楼船，凫楼涉大川如平地唯德之休
　　　　上六联为香港妈祖庙联

清灵乐善心无悔
宝洞拈香性要真

入庄有如沾化雨
依山还是戴慈云

麟是四灵之祥，惟圣人出类拔萃
阁乃庄严之愿，幸来者启后承先

迎九龙秀气满园草木欣荣钟灵福气
承狮岭清幽面对碧波清漾别有洞天

光乐奏钧天，香蒙烟缊勇上界
名园开福地，松阴迤逦及东华
　　　　上五联为杭州黄大仙(景点)联

莲出绿波桂生高岭
桐间露落柳下风来
　　　　　　扬州瘦西湖草堂联

千秋怀抱三杯酒
万里云上一水楼
　　　　　　昆明大观楼联

身入狼邦，壮士匹夫生死外
心存燕国，萧寒易水古今流
　　　　　　咸阳荆轲墓联

峰高华岳三千丈
险据秦关百二重
　　　　　　宁夏固原六盘山联

汉祚难延，忠魂痛裂三分鼎
军山在望，高冢通灵八阵图
　　　　陕西勉县定军山武侯墓庙联

风景名胜联

风风雨雨,暖暖寒寒,处处寻寻觅觅
燕燕莺莺,花花叶叶,卿卿暮暮朝朝
苏州网师园联

鸿鹄高飞一举千里
凤凰游宿十步九旬
浙江桐乡乌镇民俗馆联

一盏青灯可照 无量前程
三支福香能解 千灾万难

红白无私 贫富一般照顾
青天有眼 善恶两样看诗
上两联为浙江桐乡乌镇修真观联

兴废总关情,看落霞孤鹜,秋水长天,幸此地湖山无恙
今古才一瞬,问江上才人,阁中帝子,此当年风景如何
刘坤一题南昌腾王阁联

五年间谪宦栖迟,较量惠州麦饭,儋耳蛮花,得此清幽山水
三苏中天才独绝,若论东坡八诗,赤壁两赋,是公游戏文章
张之洞题湖北黄州东坡故居联

趣联妙对

描述联

1. 描景抒情

水浅能容月
山高不碍云

月明满地水
云起一天山

天上楼台山上寺
云边钟鼓水边僧
　　　苏辙题江西龙济寺联

花雨欲随岩翠落
松风遥傍洞云寒
　　　于谦题绍兴香炉峰联

不明不暗朦朦月
非暖非寒慢慢风

藕入污泥，玉管通地理
荷出水面，朱笔点天文

2. 描写田园景色

蚕老麦黄梅子熟
蝉鸣柳翠藕花香

风舞翠麦千层浪
日映红桃一片霞

3. 描述某些动植物

鼠无大小皆称老
猫有雌雄总呼儿

柳影映池鱼游树
天光入水鸭穿云

趣联妙对

细剪山云缝补衲
闲捞溪月作蒲团

日出雪消，檐滴无云之雨
风吹尘起，地生不火之烟

白鸭和鹅，羽毛一般声各别
乌龟共鳖，形态相似壳不同

莺入梅花，似火炼黄金数点
鹭栖荷叶，如盘堆白玉一般

比喻联

云衣竹带
海帽江袜
　　　　　　　形容流浪者

生意如春意
财源似水源
　　　　　　　唐伯虎为商店作联

一弯西子臂
七窍比干心
　　朱元璋（上联）与一卖藕农民（下联）对

犁橡弯耕田直
锯齿斜断木齐

蟹入鱼罾似蜘蛛结网
鼠偷鸡蛋如狮子盘球

学如逆水行舟，不进则退
心似平原牧马，易放难收

浪费犹如水推沙，荡金如土
节约好比燕衔泥，积宝成山

拟人联

春雨潇洒花洗脸
和风吹拂柳梳头

雪造观音，日出化身归南海
云堆罗汉，风起吹步入西天

设问联

奇乎？不奇，不奇亦奇！
园邪？是园，是园非园！
　　　20世纪40年代西安"奇园茶社"联

七盘子茶点，八盘子水果，
知否民间痛苦
　　两点钟开会，三点钟到齐，
岂是革命精神
　　1946年，蒋介石由重庆飞抵南京，有人开庆祝会捧蒋，冯玉祥作联

双关联

未出土时便有节
及凌云处尚虚心
　　　　　　　　清代李苦禅题竹联

清风满地难容我
明月何时再照人
　　清代阎尔梅作联。清风：喻指清朝政府统治；明月：指明代故国光辉

月照纱窗，个个孔明诸葛亮
雪飞梅岭，处处香山白乐天

眼珠子，鼻孔子，珠子居然高于孔子
胡后生，眉先生，后生确实长过先生
　　清代周起谓与老师同饮酒作联。珠子：谐音朱子，意指朱熹

潜意联

天高一尺
为政十方
　　某县官到任后刮地皮，天高一尺，刮去十寸

有条有理
无法无天
　　条：金条。法：法币（货币）

二三四五
六七八九
　　缺"一"，谐音"衣"；少"十"，谐音"食"

二三四五加一
六七八九添十

未晚先投二十八
鸡鸣早看三十三
　　二十八：指二十八宿；三十三：联意加"宿、天"

赵子龙一身是胆
左丘明两眼无珠

嵌典联

曾三颜四
禹寸陶分
　　郑板桥题苏州网师园联。曾三颜四：指孔子的学生曾参、颜回；禹寸：夏朝禹王爱惜"寸阴"

学问无穷曾三颜四
光阴有限禹寸陶分
　　　　　　后人抄录上联并加字

绣阁团圆同望月
香闺静好对弹琴
　　清代天津知府朱稔文的儿子结婚，纪晓岚联。将"犀牛望月"与"对牛弹琴"嵌进联里

鸟在笼中望孔明、想张飞、无奈关羽
鱼游浅水见黑河、知肇源、难进龙镇
　　上联嵌入三国三个人物，下联嵌入黑龙江三个地名

 趣联妙对

嵌字联

天气大寒,霜降屋檐成小雪
日光端午,清明水底见重阳
嵌进节令名

洽湘有方,五大政策一把火
中心何忍,三个人头十万元
联中嵌入"治中"二字,抗战期间,蒋介石命令张治中放火烧长沙,后杀徐昆等人

翘首仰仙踪,白也仙,林也仙,苏也仙,今我实醉湖山里,非仙也仙
及时行乐地,春亦乐,夏亦乐,秋亦乐,冬来寻诗风雪中,不乐亦乐
杭州西湖"仙乐酒店"联。嵌入"仙""乐"二字

数字联

一夜连双岁
五更分二年
咏叹除夕之夜

七鸭过河,数数三双零一只
尺蛇进洞,量量九寸带十分
数量分解巧合

孤庙独宿一将军,匹马单枪
对河两岸二渔翁,双钩并钓
"独""一""匹"意同,"两""二""双"意同

一大乔,二小乔,三寸金莲四寸腰,五匣六合七彩粉,八环九钗十倍娇
十九月,八分圆,七个进士六个还,五更四鼓三声响,二乔大乔一人聘
古时有位老先生,七个弟子中进士,两个女儿大乔、二乔想从中选婿,出上联,七个人等到五更天,未得下联,六人退出,只有一人坚持,听到更鼓声,又见六人退场,顿有所悟,作此联

拆字联

品泉茶三口白水
竹仙桥两个山人
"竹"形似两个"个"

尖尖帽,上小下大
圆圆玉,内圆外方

鸟入風中,衔出虫而作鳳
马行芦畔,吃尽草以变驴
"風"是"风"的繁体字,"鳳"是"凤"的繁体字

棗棘为薪,截竖开横成四束
閶门启户,移多补少作双间
唐伯虎对樵夫联

拼字联

二人土上坐
一月日边明

虚弄干戈原是戲
义加装点便成文

欠食饮泉，白水何堪足饱
无才抚墨，黑土岂能充饥

国乱民愁，王不出头谁作主
天寒地冻，水无一滴难成冰
  相传光绪帝（下联）问计于珍妃（上联）

复字联

书生书生问先生，先生先生
步快步快追马快，马快马快

山美水美春光美，宏图更美
人新事新时代新，伟业尤新

佳水佳山佳风佳月，千秋佳地
痴声痴色痴梦痴情，几辈痴人
      朱元璋赐金陵秦淮河联

民团跑,地主跑,土豪跑,劣绅跑,跑！跑！跑！跑垮反动派
工人来,农民来,士兵来,干部来,来！来！来！来建新天地

摄政王兴,摄政王亡,清室兴亡两摄政
驱胡者豪,驱胡者杰,汉家豪杰再驱胡
 1909年，孙中山在美国旧金山（现名圣弗朗西斯科）创办《美洲少年》征联

叠字联

年年岁岁花相似
岁岁年年人不同

朝朝朝朝朝朝夕
长长长长长长消

云朝朝,朝朝朝,朝朝朝散
潮长长,长长长,长长长消

南南北北，文文武武，争争斗斗，时时杀杀砍砍，搜搜刮刮，看看干干净净
户户家家，女女男男，孤孤寡寡，处处惊惊慌慌，哭哭啼啼，真真惨惨凄凄

趣联妙对

同旁联

荷花茎藕莲蓬苔
芙蓉芍药蕊芬芳
　　　　　　藕池亭联

迎送远近通达道
进退迟速遊逍遥
　　　　　　车马店联

泪滴湘江流满海
嗟叹嚎啕哽咽喉
　　　　某人在湘江边吊屈原作联

閨閣悶，聞閭閙，開門閙問
官宦家，窈窕容，宜室安寧

閨閣關門，聞閭閙閙，開門問
空家寄宿，寒窗寂寞，守寓安
"關"是"关"的繁体字，"開"是"开"的繁体字

寄寓客宅，牢守寒窗空寂寥
迷途远避，退返莲迳还逍遥
　　　　　　　　"迳"同"径"

连环联

泥鳅躥泥，泥鳅跳出泥鳅口
水车车水，水牛转过水车头

寿比南山，山不老，老大人，人寿年丰，丰衣足食，食千种美味；位列三台，台享荣华富贵，贵客早来，来之有理，理所当然

福如东海，海广阔，阔大人，人面兽心，心田不好，好一个坏蛋；但愿万死，死无葬身之地，地归农民，民者无忧，忧者贪官
　　　　　　某贪官过生日，某人作联

大尊翁，尊翁在上，上至三千里凌霄，凌霄盖高楼，楼上为你祝寿，寿山寿海寿千年，千年永康健

小晚婿，晚婿在下，下至十八层地狱，地狱掘陷井，井下让我挖泥，泥人泥鬼泥一世，一世不出头
　　某婿岳父过生日，婿想得笔财产，托书生写寿联讽商人重利卖廉耻，太翁寿辰坑小婿

回文联

雾锁山头山锁雾
天连水尾水连天
　　　　　　厦门鼓浪屿联

秀山青水青山秀
香柏古风古柏香
　　　　　　云南通海县寿庙联

趣联妙对

我爱邻居邻爱我
鱼傍水活水傍鱼

风送花香红满地
地满红香花送风

天连碧树春滋雨
雨滋春树碧连天

女爱郎才郎爱女
花添锦上锦添花

僧游云隐寺，寺隐云游僧
雁飞平顶山，山顶平飞雁

花香满园亭，亭园满香花
镜如明湖水，水湖明如镜

秋中赏月对高楼，月对高楼酒上游
游上酒楼高对月，楼高对月赏中秋

谐顺联

谐顺联：顺读、倒读、谐音相同，意思明确。

画上荷花和尚画
书廊事迹侍郎书

包里精盐经理包
图间泰山太监图

谐音联

无山得似吴山好
何水能如湖水清
杭州西湖联

天空星，山上薪，人中心
云间雁，檐前燕，篱边鹦

李打鲤归岩，李沉鲤又出
风吹蜂落地，风停蜂再来

叠韵联

孩童上山将栗采，劈栗扑篓
老翁入市担菱卖，倾菱空笼

暑鼠凉梁，笔壁描猫惊暑鼠
饥鸡盗稻，蒙童拾石打饥鸡

谜语联

鲁肃遣子问路
阳明笑启东窗

鲁肃：字子敬；遣子：即剩"敬"；问路：即请指导；阳明：太阳；启东窗：让阳光进来，示意光临

趣联妙对

白首穷经,少伏生八岁
青云得路,多太公二岁

伏生:汉朝人,九十岁讲《尚书》。太公（姜太公），八十岁帮助周文王打天下。北宋梁灏白发中状元,人问其年龄,于是写此联

本非正人,装作雷公模形,却少三分面目
惯开私卯,会打银子主意,绝无一点良心

上联隐"儒",下联隐"卿"。讽四川贪官柳儒卿

哑联

村姑田里担禾上（和尚）
樵夫山前伐朽材（秀才）

莲子已成荷长（和尚）老
庄稼未种东坡荒

集句联

志见出师表
好为梁父吟

郭沫若为成都武侯祠作上联,下联集《三国志·诸葛亮传》

风定花犹落（谢贞诗）
鸟鸣山更幽（王籍诗）

王安石集联

歌词自作风格老
诗卷长流天地间

集杜甫诗文联

天若有情天亦老
月如无恨月常圆

集李贺诗联

太极两仪生四象
春霄一刻值千金

集易经、苏轼诗句

地名联

开福寺前,碧浪湖边桃叶渡
定王台畔,黄花园里菜根香

开福寺、碧浪湖、桃叶渡、定王台、黄花园、菜根香均为长沙市的地名

金线吊灯笼,老照四方八角
玉带缠如意,连开一步三台

除"吊""缠"外,全是长沙市地名

定安全之策,坐镇琼山,开乐会以会同官,统府州县群僚,独临高位
澄迈注之怀,清扬陵水,佐文昌而昌化理,合万儋崖诸邑,共感恩波

定安、琼山、乐会、会同、临高、澄迈、陵水、文昌、昌化、感恩、万儋崖（万州、儋州、崖州）均为海南省地名

格言联

公心正
私欲邪

扬正气
秉公心

怀若谷
志凌云

丹心报国
鼎力为民

胸怀大志
腹有良谋

无私无畏
有勇有谋

无私胆大
有理心雄

认真办事
正直为人

和谐处事
勤俭持家

若无远虑
必有近忧

崇文益智
尚武强身

胸怀坦荡
道路光明

勤能补拙
苦可成才

世交良友
居择贤邻

虚怀处世
厚道为人

天公有眼
国法无情

高标办事
低调做人

 趣联妙对

祸从贪始
病自邪生

有容德弥大
无欲心自宽

严于津己
宽以待人

事拙皆缘利
官昏不外贪

勤能补拙
俭可养廉

但愿民皆富
何虑我独贫

待人和为贵
处事礼当先

铁面包公胆
清身海瑞心

钱财身外物
品格德中金

知足心常乐
无求品自高

路要一生走
书须每日读

无私观是曲
有德识贪廉

官清民得福
政善国扬威

人无信不立
国有德方强

室小乾坤大
书多岁月长

政善民心顺
官廉社稷安

淡泊以明志
宁静以致安

雅室书声远
素笺翰墨香

趣联妙对

春风迎绿树
山色上红楼

千流归大海
高路入云端

笔拥江山气
窗含桃李风

路遥知马力
日久见人心

室雅何须大
花香不在多

言必行行必果
疑不用用不疑

大器屡经雕琢
英才不畏风霜

学海通今博古
书山启后承先

处事三思有益
为人百忍无忧

毋忘信义仁恕
务要修齐治平

家藏万贯难称富
手捧四书不谓贫

胸如沧海何妨大
志比泰山不厌高

正气一身担厚爱
清风两袖扫浮尘

室无好书梅逊雪
人有良友酒吟诗

处事虚怀如翠竹
立身正直似苍松

忠孝传家德为本
仁义处事信当先

放眼青山摩诘画
荡胸碧海少陵诗

忠孝传家德为本
仁义处世信当先

高风亮节立天地
虚怀若谷驻人间

 趣联妙对

陋室谈笑有鸿儒
绿阶往来无白丁

忠孝传家德为本
仁义处世信当先

聪明在于勤奋
天才出于积累

养心莫善寡欲
至乐无如读书
　　　　　郑成功联

事能知足心常泰
人到无求品自高
　　　　　纪晓岚联

自闭桃源称太古
欲栽大木柱长天
　　　　杨昌济（杨开慧的父亲）联

与有肝胆人共事
从无字句处读书
　　　　　周恩来联

宝剑锋从磨砺出
梅花香自苦寒来

书有未曾经我读
事无不可对人言

静坐当思自己过
闲谈莫说他人非

持其志毋暴其气
敏于事而慎于言

欲知其味须尝胆
不识人情只看花

雅士襟怀虚若竹
良朋气味淡如兰

书山有路勤为径
学海无涯苦作舟

文章应读三千卷
品行当居第一流

生平不做亏心事
世上应无切齿人

根深不怕风摇动
树正何愁日影斜

书到用时方恨少
事非经过不知难

诸葛一生唯谨慎
吕端大事不糊涂

修身岂为名传世
做事唯思利及人

处世当观天下事
读书深见古人心

风月一庭为良友
诗书半榻是严师

架上有书随我读
壶中无酒任它空

知多世事胸襟阔
阅尽人情眼界宽

有关家国书常读
无益身心事莫为

力求有功方能无过
必先去旧而后立新

蔡廷锴联